神々の悪戯

杉山　実
sugiyama minoru

ブックウェイ

あらすじ

この世には我々の知らない世界が多数存在する。

安田美千代は今年六十六歳で初老を迎える。結婚相手は、若い時に惚れて惚れて一緒に成ったイケメンの男。

この男は仕事もしないで浮気をするぐーたら亭主で、早々に子供二人を連れて離婚、スナック夢を経営して、子育てをするが最近は人生の反省が多く、今度生まれ変わったらの言葉が多い。

天上界の画老童子がこれを聞いて望みを叶え様と、美千代はある日突然亡くなってしまう。

同じく釜江勝弘も毎晩酒を飲んで寂しい生活、子供と嫁に逃げられて毎晩愚痴の悪い酒。

ある日、画老童子の同僚安芸津童子が二人でゲームをして勝った方が、五日間の仕事を助ける賭けを始めて、勝弘と美千代を使った人生ゲームを始める。

ある日突然亡くなった二人と周りの人々の混乱、あの世と現世の狭間で幽霊と成って彷徨う二人の、コミカルに生まれ変わる様を描く異色作。

神々の悪戯◎目次

第一話　生まれ変わる？

田舎町のスナックビルの三階に、このビルでは比較的大きな店舗の広さを持つスナック（夢）この店のママは、この世界に入って四十年以上のベテラン、今年六十六歳本名は安田美千代、店の殆どの従業員はママの本名は知らない。

若い時から「みっちゃん」と呼ばれて六十六歳の今も「みっちゃん」でそのまま押し切っていた。

今夜も常連客、赤松建設の赤松順造が早い時間から、店にやって来てカウンターに座って飲み始めている。

従業員は少し忙しく成る八時から入店して来るから、それまでの時間は一人で客の相手をしている。

早い時間から来る客は、ママと話がしたい客か全くのお初の客だった。

ママの年齢を見て殆どの客は二度と来ないから、美千代も知っていて適当な応対しかしないのだ。

赤松の年齢は美千代と変わらないし、長い付き合いだから話も合うのか今夜の様に早い時間からやって来る。

二人は数年前には、男女の関係も有った仲だ。

「もう疲れたわ、この仕事も嫌に成るわ」いつもの愚痴が出る美千代。

「そう言いながらもうすぐ五十年か、何か嫌な事でも有ったか?」何度も聞いているのか、冷静に尋ねる赤松。

「常連のお客さんが先日亡くなってね」

「店の客はママの年齢に合わせて来るから、年寄りが多いからだろう?」

「そうね、そう言われたら、女の子もいつの間にか、若い子が居なくなっているわ」

「そんなものだよ、話が合わないから、若い子が入店しても辞めるからだろう」

「私も引退したいわ」と微笑む美千代。

「私ね、こんな水商売をする気はなかったのよ、最初の男が悪かったのよね」

「別れた亭主か?」

「そうよ、働かないから仕方無く、仕事を始めたのよ、生まれ変われるなら、二度とあんな男と一緒に成らないわ」

「そう、ぼやかず一杯飲みなよ、何回も同じ台詞を聞いたよ」ビール瓶を持って勧めると「時間が早いけれど、頂こうかな」とグラスを差し出す美千代、いつもに比べて早い時間からの飲酒に成ってしまった。

しばらくして、従業員の蟹江伸子、戸崎香里、菅野愛の三人が次々と入店してきた。

「伸子、また大きく成ったな、子供が出来たのか?」と冗談を言う赤松、見るからに太って大きな身体。「そうよ、生まれたら三人目よ」と冗談で返す伸子。

五十歳半ばの伸子も、この店が長いので冗談もよく判るのでノリが良い。

香里が四十四歳、愛の四十二歳とママよりは若いが、普通スナックでは採用される年齢を過ぎている。

この三人以外にもう一人、小島成美三十九歳が交代で来る。

香里以外は比較的身体が太っている従業員が多い。

その姿を見て「店の女の子は呑気な子が多いからね」と太る理由の様に、客に言って自分も納得している。

金曜日は客が多いので、その曜日に合わせて、人数を割り振っていた。

美千代には、子供が二人、長男猛、次男信樹《のぶき》、二人共結婚をして子供も生まれて、美千代は店以外では完全にお婆さんをしている。

店以外ではそれなりの年齢で、初老の老人に見えるのだ。

スポーツジムの会員に成って、水泳をして最近では長時間プールで泳いで楽しんでいるので、年齢の割にはスタイルが良い。

時々客に整形？　胸に何か入れているのか？　とからかわれて「見せられるなら、見せてあげたいわ、抜群の乳房よ」と冗談とも本気共思える会話を飛ばしている。

　しばらくして、お客が数人入って来て、伸子も、愛も香里も忙しく用意をして、美千代だけが赤松の前で既に五杯目のビールを飲んでいた。

「こんな仕事はもう二度としないわね、二枚目の男を捕まえなくても、仕事をしてくれる、真面目な男が良いわ」何度も同じ事を言う。

「それが判るのは、人生経験が多くなってからだよ、始めは判らないよ」

「大丈夫よ、見る目が出来たもの」

「ママの歳だからだよ」と赤松に笑われる美千代。

　そして「まあ、人生は一度だから、反省して天国へ行くのだよ」と笑う赤松。

　美千代は赤松が帰った後も、珍しくお客の処を廻って次々とお酒を飲むから、酔っ払っているのが従業員にもよく判る。

　伸子が「今夜のママ飲む量多くない？」

「また、悪酔いするのでは？」と香里も心配をしている。

　十一時を過ぎると、もう酔っ払って調子が良く成り、声も大きく成って、歌もお客とデュエットをしている。

　お客も美千代の酔っ払い状態に、大きな声で従業員に怒鳴り出すと、十一時半に過ぎには引いてしまって「もう片付けましょうか？」と伸子が言うと「伸子、後はお願い。眠いわ」の一言で、カウンターに寝込んでしまう。

「最悪の状態だわ」酔っ払った美千代を知っている従業員は口々に言いながら、片付けに取りかかった。

「困ったわね、代行で一緒に送るわ」と仲子が言うと、代行サービスに電話をする香里。

「混んでいて三十分以上かかるって」しばらくして片付け終わると「みんな、もう良いわ、先にあがって」仲子が話して、二人を残して帰って行く。

「ママ、今夜はどうしたの、珍しく酔っ払って」気を使って言う。

「仲子か、お客さん頼むわ」急に客の心配をする。

「もう終わったわよ」

「そう、もう終わったのね？」と全く判らない美千代。

仲子が「ママもお疲れだから、そろそろ店を誰かに譲ったら？」

「仲子、貴女がすれば良いわ、要領が判っているから、ここは借り物で、家賃払えば誰でも出来るわよ、私が引退後は頼むわね」と大きな声で叫ぶ様に言うと、また寝ようとする美千代。

しばらくして、代行の車が到着して、仲子の車に代行の運転手と一緒に乗せると、また眠ってしまう美千代は、本当に鼾をかいている。

「珍しいですね、ママがこれ程酔っ払うなんて」と運転手が微笑むと「そうなのよ、馴染みのお客さんと呑んでいて、沢山呑んだのよ」しばらくして美千代の自宅に到着すると、長男猛が「お母さん、飲み過ぎだよ」と車から抱きあげて降ろして、伸子は帰って行った。

「お水、頂戴」と急に目覚める美千代。「一杯飲んだら、もう寝て下さいよ」と猛がコップに水を入れて美千代の部屋に持って来る。

受け取った水を呑もうとした時（最後の水だ）と何処からともなく聞こえる。

「何？」と言って周りを見廻すが誰も居ない。

再び（生まれ変わりたいのだろう？）と聞こえる。

「勿論、生まれ変われるなら変わりたいわよ」と独り言を言う。

（望みを叶えてあげよう）

「本当なの？」

（嘘は言わない、明日から生まれ変われる）

「本当！」

（その水を呑んで眠りなさい、明日は生まれ変わっていますよ）

「嘘でしょう？　今夜は飲み過ぎた、反省しています、幻覚が聞こえる」美千代は一気にコップの水を飲み干した。

「幻覚は聞こえなく成った、寝よう！　本当に沢山呑んだわ」着替えて眠りに就く美千代。

熟睡……


翌朝「大変だわ、お婆ちゃんが息をしていない」と猛の嫁純江が大声で叫ぶ。

「何！　救急車だ」と今度は猛が大声で叫ぶと「駄目よ、冷たいから、無理よ」純江が言う。

（何を馬鹿な事を言っているの？）と起き上がる美千代。

（あれ？　身体が無い）身体はベッドに眠ったまま起き上がらない。

美千代は自分の姿を見ていたのだ。

（えー、死んだの？）驚いて叫ぶ。

（生まれ変わる為に亡くなりました）姿は見えないが声が聞こえる。

（貴方は誰？）叫ぶ美千代。

（画老童子と呼んで下さい）

（私はどうなるのですか？）不安に成る美千代は、自分の身体を見ていた。

（四十九日迄、この様に見る事が出来ます、その後は生まれ変わって、貴女の希望通り生きて下さい）声だけが聞こえるが、自分だけが聞こえて、目の前の家族には全く聞こえていない。

（そんな事が出来るの？）と驚きの美千代だった。

第二話　あの世から見える姿

（ほんとうに、死んだの？）と尋ねる美千代、周りには誰も見えないが（まあ、貴女の事を誰がどの様に言うか見ていたら面白いよ）画老童子が教える。

（身体が無くなったらどうなるのよ？）美千代が不安に成って尋ねる。

（母親のお腹の中に入るよ）

（えー、お母さんって昔に亡くなったわ）大昔の母親の顔を思い出す美千代。

（今度のお母さんだよ）

（今度のお母さん？　誰よ）意味が理解出来ない美千代。

（四十九日の間、色々見学出来るよ、知り合いの名前を言えば、その人の処に行けるよ）

（貴方、画老童子って名乗っていたけれど何者？）声がする方向を見て話すが何も見えない。

（神様と呼ばれているよ）簡単に説明する画老童子。

目の前では自分の寝ている部屋に家族全員が集まっている。

「お婆ちゃん、ほんとうに死んじゃったの」驚き顔で見つめる孫の京佳は中学一年生。

（可愛い孫の成長を見たかったのに、何故死んだのよ）と怒り出す美千代に（日頃から何度も生まれ変わりたいと話していたからね、叶えたのだよ）

（口癖だったのよ、京佳を見ていたら戻りたくなるよ）

（もう戻れませんよ、四十九日が終わると、自動的に生まれ変わります）

（何処に行くか判らないのでしょう?:）

（大丈夫です、貴女の知っている処に生まれ変わります）

（ほんとうなの？　それなら楽しいかも）と急に元気に成る美千代。

（お腹の中から色々見られますよ）

（えー、そんな事が出来るの？）先程とは異なる気分に成る美千代。

（知っている処に生まれ変われて、お腹に宿った瞬間から世間が見られる?:）

（はい）

（楽しみ）

（それでは、自分の死後の世界を見学して下さい、知り合いの名前を呼べば何処でも行けますからね）と教えると画老童子は美千代の側から消えた。

（僕に用事の時は、画老君と呼んでくれたら、参上しますからね）何処からともなく聞こえる。

しばらくすると次男の信樹が血相を変えてやって来た。

「お袋が亡くなったって」と枕元に来て、呼吸が無い事を確かめる。

「確かに死んでいるな、坊さん呼んだのか?:」

「信樹馬鹿か！　先ずは死亡診断書が必要だから医者だろう」と猛が怒る。

「今宮先生に電話したわ」妻の純江が居間から、そう言って入って来る。

「お母さん、水泳もしていたし運動は充分だったのに、急に亡くなるなんて信じられないな」

信樹が改めて信じられないと言う。

「元気に見えても、毎日夜遅くまでの仕事で昨夜は沢山お酒飲んで、酔っ払って店の伸子さんが送ってくれたのだよ」猛が説明をする。

「そうか、葬式の準備だな」と信樹は諦めた様に言う。

猛と純江の子供は一人だけで、信樹の子供は男の子が二人。妻沙代子が今朝はパートに行ってしまって、信樹だけが知らせを聞いて飛んで来たのだ。


天上の世界では（画老！　また悪戯したのね）

（安芸津《あきつ》！　見つかっちゃったな）

（画老。あのお婆さんまだまだ元気で、生きられたのに）

（生まれ変わりたいと何度も何度も言うから、叶えてあげたのだよ）

（私達は、寿命が来た人間を生まれ変わらせるのが使命だよ、勝手にするとお叱りを受けるよ）

（天使様には内緒にしてよ、安芸津も遊んでみたら面白いよ）

（生まれ変わっても同じ事をするからだろう？）

（その通り）

（この前も同じ様な事していたよね）

（一人位違う生き方をして欲しいよ）

（寿命で亡くなれば、全く最初からだから、それで良いのでは？）

（でも一人位、異なった生き方をしないかな？　反省をあれほどしているのにね）

（久々に見守る人間が出来たのね）

（まあ、期待はしてないけれどね、安芸津も一人捜して同じ事をして、競走してみないか？）

（人間をおもちゃにするのか？）

（可能性の競走だよ）

（面白そうだな、勝った方が割り当ての仕事を請け負うのは？）

（一日？）

（五日では？）

（それは凄いな、五日休めるのか？）

（安芸津も候補の人間探して）

（探さなくても居るよ、あの男）と指を指すと目の前に姿が現れる。

（釜江勝弘、私が蘇らせたけれど、全く駄目で酒呑んでぼやくだけ。妻に逃げられて、子供は二人女の子が居るけれど、寄り付きもしない。昔から何度もう一度生まれ変わったら？　が口癖だよ、それに近くだから良く見えるよ）

（よし、この男と二人で勝負ね）直ぐに決めてしまう二人。

（五十三歳で死ぬのは可哀想だね）

（たいして仕事してないだろう？）

（両親がまだ元気だよ、悲しむだろな）

（いい、いいい！　生まれ変わりたいのよ、人間は）

二人の神様、画老童子と安芸津童子は勝手にゲームの様に決めてしまった。


決まれば早い、今夜にでも釜江勝弘は急死に成る予定だ。

美千代は医者の診断書が出て、葬儀社が自宅にやって来ると、本格的に自分が死んだ事を実感している美千代。

昨日自宅迄送ってくれた蟹江伸子が、夕方に知らせを聞いて血相を変えて美千代の亡骸に対面して嗚咽を漏らした。

「昨日飲み過ぎたのが原因なの？　ママ！　私どうしたら良いのよ？」と泣き崩れる。

〈この歳で働ける処無いのよ、困ったわ〉（何よ、今の声は？）驚く美千代（画老さん！）と叫ぶと（どうしたの？）画老童子が声をかけるが姿は見えない。

（今、変な声があの伸子さんから聞こえたのよ）

（ああ、それはね、本心の声と云う物だよ、時々聞こえるから、気にしないで）

（は、はい、本心の声ね、えー、悲しんでないの？）急に我に返る美千代。

昨夜、店は借り物だから伸子が経営したらって話したのに、忘れたの？　客も年寄りが多いけれど金払いの良い客多いのに、と思う美千代。

「ママは私にしなさいって言ったけれど、とても無理よ」と言うと再び泣き崩れる伸子。

しばらくして、示し合わせた様に香里、愛、成美の三人がやって来て、美千代の遺体を見て泣き崩れる。

〈沢山お酒を飲むからよ、弱いのに馬鹿飲みするからくたばるのよ、早く次の店探そう〉（今話したのは？　誰よ、恐い子ね、香里？　愛？　成美？）三人の顔の近くまで行く美千代。

しかし、誰が思っているのか判らない。

人の気持ちは判らないわね、今までの恩は無いのかねと怒っていると「ママ、何故急に死んだの」と号泣を始めた成美。

この子は違うね、この涙は本物だ。

愛か香里のどちらかだわ、悪い子を雇っていたのね。

(画老童子、懲らしめる事は出来ないの?)

(出来ませんよ、聞くだけですよ。美千代さん、生まれ変わったら一番にする事は?)

(そうね、勉強するわ、学歴が人生を決めるからね、それと男前には目を向けない)

(頑張って下さいね、私の仕事も懸かっていますからね)と意味不明の事を言う画老童子。


その日の夜釜江勝弘は、いつものスナック葛にやって来て「カッちゃん、駄目よ! この前のツケ払わないと飲ませないわ」とママに追い返される。

「そんな事言うなよ、一杯だけ飲ませてよ」

「駄目!」と強く言われて、カラオケ喫茶に向かう釜江、まさか今夜死ぬとは本人も考えてはいない。

ポケットに手を入れると五千円札一枚、それでも飲みたいのだ。

何処で、この五千円を使うか? 思案をしながらカラオケ喫茶に入っていく釜江。

毎日飲んでいるので、近づくとアルコールの臭いがしている。

下着も洗濯機の中から取りだして着ているので、湿気で匂う位だ。

外で干す作業も時間が無くて出来ないので、洗濯機に放り込んで廻すだけで終わっていた。

第三話　二人目の犠牲者

画老童子と安芸津童子は日本の半分を二人で分けて、担当している神様。

毎日数万人の出生に携わっていて、亡くなる人を蘇らせるのだが、殆どは以前住んでいた場所とは異なる処に蘇らせる。

人間失格者の蘇りは無い、人間世界で語られている地獄の事で、蘇る人は俗に云う天国なのだ。

そうなればどんどん人口が減る筈なのだが、長生きと別の神様が新しい生命を誕生させているので、人口が増加している。

二人が蘇らせる美千代と勝弘は他の人には無い死後の世界が存在して、自分の死後四十九日現実の世界を彷徨えるから、実際の人には時々幽霊の見える時が起こるが、まだこの二人は知る筈も無い。

その釜江勝弘も、二人の幼い神様に悪戯されてこの世を去ろうとしていた。

五千円札一枚でカラオケに行って、飲んで下手な歌を歌うと豹変して、急に強気に成った。

この男酔うと強気な性格になって、偉そうぶるからお店では嫌われる。

カラオケで飲んで歌うが大きな声だ。音程を外して歌うので殆どの人が迷惑そうで、店主も嫌っているが週に三日も来て殆ど同じ歌を歌う。

今夜も同じ歌を歌って機嫌が良かったが、団体が入って来て歌が廻ってこないので「これで釣りくれやー」と五千円札を差し出す。

カラオケ喫茶を出ると美千代のスナックの在るビルにやって来る勝弘。

既に酔っ払ってエレベーターに乗り込んで、三階のボタンを押すと上昇するので「俺は、何処に行くのだ」と独り言を言って扉が開くと目の前に戸崎香里が待っている。

「いやー、待っていてくれたのか？　何処の店のお姉さん」と声をかける勝弘を無視する香里。

知らない変な男、元来酔っ払いは嫌いで、特に早い時間から飲んで絡む男は大嫌いな香里。

美千代の死亡の為、店の休みの張り紙を頼まれて、貼りに来ただけで帰ろうとしていたのに、変な酔っ払いに絡まれて困る香里。

エレベーターに乗れないので、慌てて階段に向かう香里。

「お、お姉ちゃん、何処に行くの？　た、煙草買いに行くのか？」と尋ねるが、言葉がはっきりしていない程酔っている。

執拗に追い掛けて来る勝弘「何処に行くのだよ、お姉さんのお店に今から行くから、連れて行って」と追い掛けて呼び止める。

「今夜は休みです」と振り返って言うと「嘘を言うな」と言いながら抱き着いてくる。

香里は身体をかわして右に逃げたが、勝弘はバランスを崩してそのまま階段を転がり落ちてしまった。

大きな音に二階と三階のスナックから、沢山の人が「何の音！」と飛び出して来た。

「大変！　救急車よ！」と二階の人が大声をあげる。

驚いて凍り付く香里、一度も見た事も無い酔っ払いに絡まれて、身体を避けたらそのまま転落してしまった。

「柱で頭を打っているわ」

「死んでいる！」

「息をしてない」

「血が凄い」と下から聞こえる。

青ざめる香里は身体が硬直して動け無い状態で立っていた。

「香里さん、どうしたの？」隣のスナックのママが香里を見つけて問い質す。

小刻みに身体を震わせている香里を引っ張って、その場から遠ざける。

「あ、あの方が酔っ払って、落ちたのです、私は何もしていません」と身体を震わせて言う香里だが顔面蒼白だ。

天上界では（今、死んだのか？）（今、死んだよ）（あの子に迷惑がかかったのでは？）（誰も居なくても階段から落ちて死ぬ予定に成っていたのよ）（あの子困らないか？）と安芸津童子と画老童子が話している。

目の前で肉体から離れた勝弘が呆然と佇む。

（君、もう死んだのだよ、僕は安芸津童子って云う神様だよ）と話しかけても反応が無い。頭から血を流して動け無い自分の遺体を見ている勝弘。

スナックビルの前は一瞬で黒山の人、しばらくして救急車とパトカーの音が近づいて来る。

三階のスナックに入って水を貰って、落ち着く香里に「夢のママが今朝亡くなったのだってね」ママが尋ねる。

「はい、その為店を当分休むので、張り紙を頼まれてきました。明日通夜で明後日葬儀の事も書いて張ってきた処に、あの男の人が私の側を通り抜けて階段から落ちちゃったのです」

「あの男の人、有名でね！　お金も無いのに色々ツケで飲んで評判悪いのよ、確か釜江さんって言ったかな」と隣のママの説明でようやく理解した香里だが、警察が来て状況を調べ始める。

二階のママが「三階で誰かと言い争っていた様な声がしました」と証言をしてしまう。

警官が三階に上がって来るが誰と言い争いに成って居たのか聞き始める。

香里が居る店の中にも入ってくる警官が「そこの階段の騒ぎを聞きませんでしたか？」とママに尋ねる。

止まり木に座って居る香里にも尋ねるが「知りません」と二人は合わせた様に言う。

この店には誰も客が居なかったと云うより、まだ開店前だった。

「助かりました、ありがとうございます」とお辞儀をして店を出る香里は、とても階段の惨状を見る事が出来ない。

人混みをかいくぐる様に自転車に乗って自宅に急いで帰る。

誰にも話さないで心にしまっておこう、何処から話が漏れて自分が犯人にされるかも知れないと思う不安が胸を過ぎる。

スナック〈夢〉の隣で店をしているのは〈梓〉と云う店で女性を一人雇って居て〈夢〉の二分の一の大きさでママは三十代後半の三枝美雪、従業員は五十代の森永千登勢、店は八時の開店で事件が発生したのは七時四十分、美雪は千登勢が早く来ないかと心待ちにしている。

今見た事実を話したくて、我慢が出来ない状態に成っていた。

警察には内緒にしても、大きな秘密を知ったと云う胸の高鳴りは押さえられない。

その時、素直に真実を述べていたら、香里も被害を受けなかったが、関わる事が面倒でママと話しを合わしてしまったのだ。

（そんなに呆然としなくても良いよ、君は日頃から口癖の様に生まれ変わりたいと言っていたので、望みを叶えたのだよ）と安芸津童子が言うと（えー、本当なのですか？）

（これから四十九日間は彷徨える、死後の世界から自分の死後の世界を見られるのだ）

（凄い、それからどうなる？）驚いた様に言う勝弘。

（新しい母のお腹に入るよ）

（それから？）

（産まれて、もう一度新しい人生をやり直せば良いのだよ）と教えて（私に質問か用事が有れば、安芸津君と呼べば直ぐ来るよ、しばらくは君の死後の世界を見物しなさい）と言うと消える安芸津童子。

第四話　人の噂

（梓）のママ美雪は「絶対に内緒よ」と前置きして、「隣の（夢）の女の子の香里って子が突き飛ばしたと思うわ」と話してしまった。

「それって殺人よ、ママ」と驚く森永。

「違うわ、酔っ払って自分から落ちたのよ」慌てて否定するママ。

「見ていたの？」

「言い争う声がしたので、準備をしながら覗いたのよ」

「それで！」千登勢は身を乗り出して聞く。

「もうその時はあの子は震えて顔面蒼白だったわ」

「それから？」

「ここに座らせて水を呑ませてあげて落ち着いたのよ」

「それって、殺人をした後だからよ！」決め付けて喋る森永千登勢だ。

「違うと思うわ」一度話してしまってから撤回しても遅い。

千登勢の脳裏には新しい話が出来上がってしまって、実際の事故とは全く異なる話が作り上げられた。

自宅に帰った千登勢は、日頃から気に入らない隣のスナック従業員の女性が、お金を融通していて、返済を迫って口論に成って突き落としたと話を大きくして子供に話した。

二人は客とスナックの女性以上の関係だったのでしょう？　と聞いた子供が話を付け加えるから、男女の仲でお金と別れ話の両方でトラブルに成っていた。

面白い話が出来上がると千登勢はワクワクしながら、真夜中のベッドに入って明日から面白いわ、誰に教えようかと考えると、興奮して眠れないのだ。

勝弘の遺体は解剖に廻されて、年老いた両親が泣き崩れて「馬鹿な息子だ、酒に溺れて最後は酔っ払って階段から落ちるなんて」と悔やむ。

「事件性は無いのか?」上司が尋ねる。

「明日からもう一度聞き込みをします、今夜の段階では酔っ払って階段を転がり落ちた! ですね」と泊刑事が課長に告げて、一旦は終わっていた。

だが翌日の聞き込みで事態が大きく変わる事を、泊自身も知らない。


美千代の家では、葬儀場に遺体を移動させて葬儀の準備に入った。自分の顔に死に化粧が施されて(もう少し可愛く出来ないのかい?)と奇妙な顔に機嫌が悪い。

今夜が通夜で誰が来てくれるのだろう? 役所の東部長は来るわね、赤松建設の社長は確実に来るわよね、だって私の最後の男だからね、あの日もあの社長と変な話しをしていて、飲み過ぎたのが原因で死んだのだからね。

美崎歯科医は来るかな? 最近店には来ないけれど、葬儀には来るだろう?

小西造園は? 松前酒店は来るよね、取引が有るからと見ていると純江が「家族葬だから、弔問客は殆ど来ないからね」と家族に叫ぶ。

(えー、家族葬? 知り合い来ないの? 純江さん、それは寂しいよ)独り言の美千代。

そう言われればこの場所小さいと思ったわ、祭壇も貧相だわよ、葬式の費用以上に残しているでしょう？　怒る美千代。

これまでに多くの店の客にも、著名な人は沢山いて、美千代は葬儀にも参列してお付き合いをしてきたのに、自分の時は誰も来てくれないと聞いて、それは耐え難い出来事だった。

翌日、泊刑事と上月刑事は聞き込みに、スナックビルの経営者の自宅を訪れていた。

夜、店に行くと営業妨害に成るから、気を使っての行動。当然三階からの転落なので、三階の店を重点に聞き込みに入っていた。

三枝美雪の自宅に泊刑事達が訪れたのは昼過ぎ、夜の仕込みと付だしの用意で出掛ける寸前
「私、今から買い物に行くのよ、昨夜の事件でしょう？」

「はい」

「それなら、店の女の子と話をしたから聞いて」と言うと携帯番号を教えて、自分は直ぐに車で出て行ってしまった。

美雪は警察に関わりたくなかったから、千登勢に振ってしまった。

美雪の彼氏が以前覚醒剤で逮捕されて、最近出所して時々会っていたから、警察は敬遠していた。

その様な裏事情は全く知らない泊刑事達は、美雪の態度に呆れてしまった。

仕方無く向かう森永の公団住宅、自宅には娘の千晶が居て二人を迎え入れた。

警察の訪問に興奮している千晶は「スナック（梓）に勤められている方でしょうか？」

「違いますよ、母です」と答える千晶に「お母さんは？」

「昨日の事件でしょう？」と答える千晶。

「私、母から聞いて知っていますよ」

「そうですか、お母さんは何か話されましたか？」

「はい、隣の（夢）の従業員で香里って女の人が、お金を貸していた人と口論に成って、突き飛ばして落としたと聞きました」

「えー、突き飛ばした！」

「お金で口論？」泊と上月は声が変わる程驚いた。

千晶の話を聞いた二人は、母親の千登勢の戻るのも待たずに、森永の自宅を後にした。

昨夜も今日も聞き込みでは、釜江の酔っ払っての単独事故死だと思っていたのに、状況の変化に驚く二人。

早速、三階の（夢）の経営者安田美千代に事情を確かめに行く二人。

お金を貸していたか？　（夢）にも釜江が飲みに行っていたのか？　あの娘が話した釜江と

香里が男女の関係だったのか？　聞いてから香里に会う予定をしていた。

自宅に行くと、慌ただしい雰囲気に「何か、安田さんのお宅で有りましたか？」近所の主婦に尋ねると「昨日の朝、亡くなられたのですよ、元気な方でしたのに、驚きました」

「えー、亡くなった！」驚く泊刑事達。

「どうします？　聞き込み出来ませんね」

「同じスナックビルで二人も亡くなったのは偶然か？」死因を聞くと全く関係が無い様子。

偶然日時が近いだけで、安田美千代と釜江勝弘の死亡は関係が無い様だ。

従業員の香里と釜江勝弘の関係を調べる為に、夜もう一度スナックビル周辺の聞き込みをする事にして、勝弘の口座の調査に向かう二人。

勝弘の葬儀も全く同じ葬儀場で行われる事に成る。

家族葬の手続きがされて、勝弘は葬儀場にやって来る。

今まで誰とも会った事が無かった二人の幽霊が、この葬儀場で出会った。

（おばさんは？）（貴方は？）お互いが初めて見る死後の世界の人だった。

（誰も会わないのに何故、会ったの？）

（僕も昨日の夜から、この世界に来て叔母さんに会ったのが最初です、スナックのママさんですか？）

（そうよ（夢）ってスナックを経営していたのよ）

（えー、夢のママさんですか？　僕は近くの店にはよく飲みに行きました）

（そうなの？　知り合いなの？）

（葬儀場が同じだから会ったのかな？）幽霊に成った二人が葬儀場で話をしていた。

（でも変ね、ここで葬儀をする人、他にも数人居るけれど、誰も見えないわ）と周りを見廻す。

普通の人間は近くに沢山居たが、我々の様な人は何処にも見当たらなかった。

不思議な出会いの美千代と勝弘、お互いが神様の賭けの対象に成っているとは知る筈も無かった。

第五話　通夜

勝弘の口座を調べて、泊刑事達は仰天していた。

サラ金と呼ばれる処が多数存在して、毎月の返済に追われているが、毎月の給与よりも支払が多い状態で、この不足分を何処から工面していたのだろう？

それと毎夜の飲み代も馬鹿に出来ない金額だったと思われる。

二人は香里の住所を聞いて、裏付けをとらなければ、あの森永の娘が語った様に勝弘の女で貢いでいるなら、犯行を行った可能性が高く成るからだ。

しかし、葬儀場に乗り込む訳にも行かず躊躇する二人、通夜の処に行って関係者に尋ねれば香里の住所は判明するだろう。

その後もう一度スナックビルの現場に向かう事にした二人だ。


(あれ誰だろう?)天上界の美千代が二人の刑事を見て言うと(あれは刑事だよ)勝弘が答える。

(私刑事の知り合いは居ないわ、刑事が弔問に来るの?)

(違う、あれは俺の事故の調査に来ていた刑事だよ)

(貴方、酔っ払って階段を踏み外して、死んだのでしょう?)

(そうだよ、でも生まれ変わらせて貰えるらしい、早く四十九日が終わって、生まれ変わりたいよ)

(私も同じよ、生まれ変われるのよ)二人は自分の葬儀を見ながら、蘇りに期待をしていた。

安芸津童子と画老童子は、その二人の会話を聞いて(前世を覚えていたら、悔い改めるけれ

ど、忘れるからな）

（そうだよ、同じに成るよな）

（いつまで覚えているのだった？）

（多分言葉を覚えると同時に、過去の記憶は消えていくと思ったよ）

（生まれた時は覚えているのだな）

（でも身体が自由に成らないからな）

（この二人、さて同じ事を繰り返すかな？）と笑う。

亡くなって四十九日は彷徨うが、その後新しい母の体内に宿るとお臍の穴から外が見えて、生まれると色々出来るが、言葉を覚えると同じ速度で過去を忘れる。

前世の反省から現世の充実は中々困難に成って、元来の性格がそのまま大人に成って、同じ人生を二度送る事に成る。

亡くなった時に、全て思い出して、同じ事をしてしまったと後悔をするのだ。

二人の神は過去に何度も同じ事を見ていたが、眺めるのが面白いらしい、その為今回も二人が遊びの対象にされたのだ。


泊刑事達が美千代の関係者の処に行って香里の住所を尋ねるが、猛も純江も全く知らない。

従業員の皆さんはおそらく通夜に参列してくれますので、その際に尋ねて下さいと言われて、仕方無く待つ事にする。

直接本人には聞けないが、同じスナックの従業員に尋ねる事に成った。

「あれは、釜江さんの葬儀場ですよ」と向こうを指さす須賀刑事が「同じ葬儀場なのか？」

「香里が来たら、向こうの仏さんにも行くでしょう、それで判りますよ」泊刑事は確信の様に言った。

「そうだな、関係の有った元彼をもしも殺していたら、冥福を祈るだろう？」そう言いながら、椅子に座って待つ二人。

「ここで住所だけ尋ねたら、直ぐにスナックビルに行って、聞き込みをしよう」

「商売の邪魔とか？」

「殺人事件なら、そうとも言えないだろう、酔っ払いが階段を踏み外したのと、突き落としたのでは大きな違いだ」と話す刑事の横に美千代が来て（えー、突き落とした？　香里が？）と聞き耳を立てる美千代。

（あんたー！）自分の通夜の場所に居る勝弘を呼ぶ。

誰も居ないから、美千代の声は直ぐに勝弘に届く、普通なら絶対に聞こえない距離だが、関係が無い様だ。

人間世界の声は全く聞こえない？　美千代は今の刑事の声は聞こえたのに他の人間が話している声は全く聞こえない？　あれ？　不思議に思う。

（画老さん！）と呼ぶ美千代（それはね、聞こうと思わないと聞こえないのだよ）と画老童子の声が何処からとも無く聞こえる。

（会いたい人を呼べば、そこに飛べるのと同じだよ、聞きたい話を聞けば聞こえるのだよ）（成る程、便利だわ）と納得する美千代だが、勝弘が側に来て（貴方、店の女の子に突き飛ばされて死んだの？）と尋ねた。

（足が縺れて、階段から落ちたけれど）

（大変、香里が貴方を突き落としたと、話しているわよ）

（ああ、少し可愛い感じがして、肩を触ろうとしたかもな？　その後は転落で、判らないな？　押された？　突かれた？）よく覚えていない。

（変な事言わないでよ、可哀想だわ！　香里が何故？　こんな話に成っているのよ）

（知らない）と自分の葬儀の場所に向かう勝弘。

すると、香里が伸子、成美達と一緒に通夜にやって来た。

勿論香里は勝弘の通夜の会場には見向きもしない、名前もよく知らないからだ。

刑事が純江の合図で、香里に近づいて「少し聞きたい事が有りますので、住所教えて貰えませんか？　後程お伺いします」と言った。

驚きの顔に成る香里「はい、警察の方が私に何の用事でしょうか？」恐々と聞くと「ここでは、話しにくいので」と言うので仕方無くメモ用紙を貰って、自分の住所を書きとめる香里。

二人の刑事は受け取ると急いで葬儀場から出て行った。

「結局本人に尋ねてしまいましたね」須賀刑事が言う。

「水商売の女性らしくないな」と関係の無い返事の泊刑事だ。

（どうなっているの？　心配だわ）言いながら自分の通夜も見学したいが、刑事が何処に向かったのかも気に成る美千代。

しばらくして、お坊さんのお経が始まるが、本当に少人数で寂しい通夜。

最後に棺桶に安置されている自分の顔を、少ない参列者が見て「急だったわね」「安らかに」と口々に言う。

〈こうしてみれば、やっぱりババアだわ〉

〈急にくたばって、財産持っているのに、家族葬とは、死んでもせこいババア〉

（今のは誰よ、こら－－－！）と怒り出す美千代だ。

（二人だわね、仲子か？　香里？　遅れてきた愛か？　それとも他の人？）キョロキョロと探す美千代。

そのころ、泊刑事達はスナックビルに来て、早く出勤している店に入って香里と勝弘の関係を調べようとしていた。

一階の（あげは）と言うスナックに早く来ていたのは従業員の和美で、香里と勝弘の事を聞くと、勝弘は誰でも女の人にモーションをかけるが、特定の付き合いの有る人は居ないと思うと答えて、三階の香里の事は知らないと答えた。

「香里さんは四十歳過ぎの人ですが？」

「それなら、付き合うかも知れないわね、釜江さんのお父さんお金持ちでしょう？」

「はあ、それが？」

「自分は貧乏だけれど、実家はお金持っていると話していましたから、四十超えた女性ならその話に騙されて付き合っていたのかも知れませんね」自分は若い事を強調していた。

「今の話は、意味無いですね」と須賀刑事が言うと「誰とでも付き合うと話していたのなら、噂話も沢山有るな」苦笑いで次の店に向かった。

第六話　聞き込み

美千代は自分の通夜もそこそこに、スナックビルに飛んで刑事の捜査の様子を見に来た。

泊達は開いているスナックの扉を開くが、この時間殆ど閉まっていて「ここは、例の店ですね」スナック（梓）の扉が開いた。

「従業員の娘の話だけだったから、ママにも聞いてみよう」扉を開くと「まだですよ」と美雪が二人を見て微笑むが、刑事だと判ると「何だ、刑事さんか」と落胆の表情。

「先日教えて貰った森永さんの自宅で、娘さんの話を聞きましたが、ママさんの話も聞きたいと思いまして、伺いました」

「そう、千登勢の娘と話したのね、何て聞いて来たの？」

「それが、香里さんが突き飛ばし……」と言いかけた須賀刑事の腕を、突いた。

「いいえ、証言が確かなのかをママにも聞こうと思いまして」泊刑事が目で須賀に怒る。

美雪は「そうなの、娘さんがその様に話したのなら、間違いないわ！」

「では突き飛ばしたのですか？　男女の関係も……」と言い始めた須賀を睨む泊刑事。

「そうなのよ、二人はそんな関係よ、ラブホから出て来るのを見たのよ」美雪は輪をかけて面白可笑しく語る。

「歳より若く、見えるでしょう？　幾つだったかな？」と上手に聞き出す美雪。

「四十代半ばです」またしても須賀刑事が答えると「でしょう？　四十前後に見えるから得よね」微笑む美雪。

「そのラブホは何処でした?」と尋ねた時に美千代が刑事を捜し当てて、横に来た。

「何処だったかな?」考えながら「そうだ、シルクシャトウだわ、そう見た、見た」と叫ぶ美雪。

(えっ、私が赤松さんと行ったホテルじゃあ?)何故? あのママが私の事知っているのよ、と話の途中から聞いた美千代は驚きの顔に成っていた。

まだ、慣れていない美千代は瞬間で移動する事が出来ないので、通夜の会場からここに来るのに手間取ったのだ。

話の途中を聞いて自分の話を何故? と思っていたら、香里の事だとようやく理解が出来たが、香里が何故? シルクシャトウなのか? 不思議に聞いていると「そのホテルで見たのはいつですか? 釜江さんと一緒に出て来たのですか? 入ったのですか?」と尋ねる泊刑事。

(えっ! あの男と香里が?)聞いてみよう(おーい、釜江さん)と呼ぶと(何の用事だ? 面白い物見つけたか?)と一瞬で現れた。

(早いわね)

(呼ばれて、返事をしたらここに来たよ、俺の死亡現場だな)

(釜江さん、うちの店の香里とホテルに行ったの?)

(それ、誰よ、名前では判らない)

(じゃあ、見に行こう)言うと美千代が(香里に会いに!)と叫ぶと、一瞬で飛んだ。

（わー、驚いた、通夜から帰るのだわ）呼ぼう（釜江さん）と呼ぶと一瞬で勝弘がやって来る。

（あの子よ）

（ああ、俺が落ちた時に肩を触ろうとした女だ）

（あの子とラブホに行ったの？）

（えー、幽霊でも行けるのか？）

（馬鹿な事言わないで、あの子と生きている時に行ったの？）

（生きている時にあの子とその様な事が有れば、飲みつぶれてないよ）

（そうよね、じゃああの（梓）のママは嘘を刑事に言ったの？　香里が殺人犯？　大変だ）美千代は慌ててスナックビルに戻る。

千登勢、口からでまかせ喋ったのね、私が大袈裟に話したから？　今更違うとは言えないし、ラブホの話も上手に作れたわ、急に聞かれて最近行ったから口から出てしまったと、美雪は刑事を見送ってから困惑していた。

スナックに戻ると刑事は既に何処かに行ってしまって、自分の店を見ると張り紙が（当分休みます）と書いて有る。

誰も店をしないのかな？　仲子にそのまま営業すればと勧めたけれど？　としみじみと自分の店を懐かしそうに見つめる美千代。

その時数人の客がやって来て「当分休みだって」一人が張り紙を見て言う。

「ここに入るか?」と隣の（梓）を指さす（その店は、嘘つき女の店だよ！　やめた方が良いわよ！　役所の安藤さん）後ろから声をかけて肩を叩く。

「どうした?」と振り返る安藤と呼ばれた男「何?」後ろに居た小金井が怪訝な顔で見る。

「肩を叩いた?」「知らない」と不思議な顔で見ている。

（叩けるのかな?）と言うと今度は小金井の肩を叩くと、右手で肩を払う様に触るから、美千代が今度は頭を叩いて見ると、同じく頭に手を持っていって、払う仕草を見せる。

四人の男を交互に頭を叩いて遊ぶ美千代に「他に行こう、気乗りしない」安藤はエレベーターに向かって歩き出して（良かったわ、ここには行かない方が良いわ）美千代は安心した様に（刑事の処！）と叫ぶが移動しない。

（画老さん〜）叫ぶ美千代（どうしたの?）と声が聞こえる。

（移動しないのよ）

（名前を呼ばないと移動しないよ、例えば安田刑事とかだよ）

（えー、名前知らないわ）と言っても画老童子は返事をしない。

忙しく仕事をしているから、相手にしていない、今日は天使様の監査の日に成っていて、美千代の存在は知られたく無かったのだ。

安芸津童子も勝弘が見つかると困るから、呼ばれる事に困り顔、両親が通夜に来て、泣き出してもらい泣きの勝弘で、八十歳の父と七十八歳の母の涙に肩を落とすと（安芸津童子、蘇るなら同じ両親にしてくれ〜〜）と叫んでいた。

（大声で叫ぶなよ、七十八のお婆さんが妊娠するわけない）耳元で囁く安芸津童子だ。

もう二人の蘇る場所は二人の神様は決めていたが、二人には伝えない。

先に伝えると、色々細工をされると困るからだ。

二人の刑事は戸崎香里の自宅に向かっていた。

「この辺りですよ、もう帰っていますかね」須賀刑事が言うと「グランドパレスって、何処だ？」

「大きなマンションでしょうね」

「薄暗くて、看板が見えないな」と歩きながら探す二人。

「この辺りに大きくて綺麗なマンションは見当たりませんよ」

「そうだな、小さなアパート位しかないな」

「他は個人の住宅ですね、住所間違えた？　嘘を話した？」

「ここのお宅で尋ねてみよう」一軒の住宅に入る。

するとと初老の女性が、すぐそこのアパートよと教えてくれた。

「あそこのアパートに住んでいる戸崎さんってご存じですか?」と尋ねる泊刑事に「よく知っているわよ、顔を会わせると挨拶してくれるし、子供さんも良い子よ、高校生の女の子と二人暮らし、もう十年前位に離婚して二人で暮らして居るわ」

須賀刑事が「五十代の男性が尋ねて来る事は有りますか?」と尋ねるとしばらく考えて「最近、時々見るわ、何か有ったのですか?」

「その男性を見て何か感じましたか?」

「私の家の前で話をしていたのを聞いた事が一度有るのですが、二人は男女の仲が有ったと思いましたよ」と答えた。

勝弘がここに来ているのかと考える二人。

第七話　容疑者

「二人が付き合っていた様ですね」須賀刑事が言いながらアパートに向かうと「二階の端の部屋だと言っていましたね」

「名前とは違って古いアパートだな」二人は明かりを確認して、古ぼけたチャイムを鳴らす。

「はい」若い女性の声がして扉を少し開くと「どちら様ですか?」と中から娘の凛香が覗くと手

帳を見せて「警察の者ですが？　お母さんは戻られていますか？」

「通夜から戻っていませんが？」高校生の凜香が答える。

通夜が終わってもう帰っている時間だが、喪服で何処に行ったのだろう？　隣の勝弘の式場？　と勝手な想像をする二人の刑事。

その頃、香里は仕事仲間と今後の店の事について話をしていた。

伸子が美千代に言われた事を思い出して、店を続けるかどうか息子の猛に相談をしていた。

猛はもう自分は店の経営はしないが、借り物なのでもし貴女達が継続して店を営業するなら、そのまま譲ると四人に申し出ていた。

美千代が個人的に出している備品も、そのまま使っても構わないと猛は話して四人が経営してくれる様に願った。

「母の思い出の店なので、急に閉めるのは寂しいです」亡くなった母の意志を尊重して欲しいと伸子に話した。

取り敢えず必要な物は月々の家賃と、カラオケのリース代程度、お酒もそのまま使えるので、出費は無い事に成る。

伸子は二、三日考えると言って、ようやく喫茶店を出た。

実際四人には、死活問題で店を辞めると収入が無くなる。

昼間の仕事をしているが、パートだから、たいして収入は無い。

週に三日から四日この店に勤めてようやく生活が出来る状況だ。

伸子の子供は既に働いているが、愛も成美も子供はまだ学生、勿論香里も同じで、一番若い成美は二軒のスナックを掛け持ちで、忙しく働いている。

全員バツイチ、成美は新しい彼氏が居る様な事は時々話してはいるが、定かではない。

話が終わって自転車で帰宅する香里を、二人の刑事がアパートの前で待ち構えている。

「高校生の子供には聞かせられないな」

「そうですね」とアパートの軒先で待つ二人。

「このアパートに住んで、あの男に貢ぐかな？」と泊が言うと「女は判りませんよ、自分が貧乏でも愛していたら？」

「そんなものか？　うちの家内は絶対に無かったぞ」と笑う。

結婚もしていない須賀刑事には、恋愛はバラ色に見えるのだろうと苦笑いの離婚経験者の泊刑事。

そこに自転車が走って来て、香里と確認すると「少しお話を伺いたいのですが？」

「何でしょう？　ママの死に何か有るのですか？」と尋ねる香里。

「明日、署まで来て頂きたいのですが？」「何故？　私が？」と不思議そうな顔をすると「一年ほど前、ラブホのシルクシャトウに行かれたでしょう？　男性と一緒に」香里は一瞬顔色が変わってしまった。

確かに昨年、有る男性に誘われて一度だけ行ったのが、その名前のラブホだった。

何故？　今頃？　と不安に成った時「心当たりが有る様ですね」と須賀が言うと泊が「高校生の前では話せないでしょう？　だから明日警察に来て下さい」

「でも、一体何が？」と不安顔の香里。

「殺人事件です」須賀が言って青ざめる香里。

この時香里は自分と一緒に去年ラブホに行った足立が、殺されたのだと思った。

去年迄勤めていた昼間の仕事の上司で、香里に接近してきた男だ。再三誘われて、好意も持っていたので、誘いに乗って関係を持ってしまった。

するとお金を差し出して、その男は香里の元から去ってしまったので、完全に騙されたと悔し涙で職場を変わったのだ。

後で聞くとこの足立は、職場に気に入った女性が来ると直ぐに手を出す常習犯だったのだ。

香里には前の亭主と別れて初めての男性で、その足立が約一年に亘って時間をかけて口説かれて、初めて行ったホテルがシルクシャトウだった。

「判りました、明日丁度昼間の仕事を休んで、葬儀に行きますので、その後に参ります」と刑事に告げると須賀刑事が「必ずお願いしますよ、逃げられませんよ」と言うので「何故？　私が逃げなければ行けないのですか？」と怒る香里、泊刑事が須賀の袖を引っ張って「行こう」その場を離れて行った。

その少し前に、ようやく美千代がやって来て（何故？　香里もあのラブホに行ったの？　本当に？　誰と？）困惑していた。

帰る途中の二人の刑事に付いて行く美千代「決まりですね、顔色変わったでしょう、あの釜江とラブホに行く仲だったのですね」

「確かに顔色が変わったな、でもあの住まいで釜江にお金を貸すだろうか？　高校生の子供で生活一杯だと思うが？」

「別れた亭主がお金を、そう養育費を出しているのですよ」須賀が決めつけた様に言う。

（それはないわよ、香里何も貰ってないと、店で話していたわよ、でも初めて自宅見たけれど、古いボロアパートに住んでいたのね、知らなかった）今更ながらに店の従業員の事を知らないのだと思う美千代だ。

でもこのまま犯人にされてしまうのかな？（釜江の馬鹿！）と大きな声で叫ぶ美千代。

（何が馬鹿だ！　今お袋の涙に感動していたのに、呼ぶなよ）

（馬鹿が来た！）

（呼ばれたら自動で、移動してしまうよ、不便な幽霊だ）

（呑気な事、言っている場合じゃないのよ、店の女の子が貴方を殺した犯人にされてしまうのよ、何とかしてよ）

（あの子か？　俺が肩を触ろうとした？）

（そうよ、シルクシャトウってラブホにも行ったらしいのよ、大変よ）

（俺は、一緒に行ってないよ）

（それは、聞いたわ、でも警察は貴方と行ったと思っているのよ）

（行っても良いぞ、俺は）

（馬鹿！）と怒る美千代。

香里の自宅の様子を見にアパートの中に入る二人。

（わー）

（駄目、見たら）と言う美千代。

高校生の凛香が今お風呂に入ろうとして、上半身を脱いだ時だった。

（幽霊も便利だな）

（馬鹿、見たら駄目よ）

（役得、役得、良い身体しているな）近づく勝弘。

(触れないな、見るだけか残念だ、俺の今度の母親は若い女が良いな、高校生か幼妻)
(馬鹿、早く警察に行きましょう、ここはもう良いから)
(泊刑事!)と叫ぶと一瞬で飛んで電車の中に移動した。
(あれ? 釜江さん来てない、釜江! 来て!)叫ぶ美千代。
(おい、良い処だったのに、呼ぶなよ、ブラを外す寸前だったのに)
(馬鹿に付ける薬はあの世でも無いのね)
「明日、取り調べで吐くでしょうか?」と小声で話す須賀刑事。
「ホテルでの行動は証拠に成るな、監視カメラの映像を入手しておこう」
(それは良いわ、釜江さんと一緒で無いのが証明されるわね)
(それにしても女子高生は良いな)
(真面目に考えてよ)
(俺も、そのラブホ行ったかも知れないな)とポツリと言う勝弘だった。

第八話　ハプニング

香里は娘の進学の問題で、時々元亭主の戸崎眞一を相談の為に自宅に呼んでいた。

眞一も娘凛香と会えるのを楽しみに、時々ケーキを持ってやって来て、凛香に聞かれたら困る話を、近くの住宅の前で話していた香里と眞一だった。

大学に行きたいと言う娘、私立に行くと今の仕事では中々苦しい状況だから、援助を頼んでいた。

その現場を近所の人に見られていて、誤解を招いていたのだ。


翌日隣町の高速のインターから近いラブホテル「シルクシャトウ」に須賀刑事と同じく若手の小菅刑事が二人の免許証の写真を持って、監視カメラの映像を調べに来ていた。

そのころ、美千代と勝弘の葬儀が行われている。十一時から美千代、十三時から勝弘だから、二人共葬儀の場に居る。自分の肉体が消えるのか？　としみじみと感じていた。

伸子を始めとして四人の従業員は今日も参列して、親族でない数少ない参列者だった。

お坊さんのお経が終わって、棺桶に花がいっぱい入れられている自分を見て、思わず涙ぐむ美千代。

最後には猛の家族も信樹の家族も涙で見送る。

（ありがとう、ありがとう）と美千代は思わず口走っていた。

火葬場に親族だけが車に乗って向かう（いよいよ、焼かれてしまうのか）と思うと寂しくて泣き出す美千代。

　葬儀場のスピーカーから、大きな泣き声が聞こえる。

「えーーー」猛達が驚いて聞き耳を立てる。

「あれ、お袋の声に似てないか？」「ほんとうだわ」と純江も驚く。

「申し訳ありません、突然の音声の不手際で」マイクを持った係がお辞儀をしながら謝った。

　音声室では「何なのよ、今の泣き声は？」「判りません、急に変な声が出てしまって」驚きの表情で機械を調整していた。

　美千代はマイクの近くにいて、自分の姿を見て泣いたのがスピーカーから流れたのだ。

（画老童子！）と呼びつける美千代。

（マイクの側で大きな声で泣くから、現世に漏れたのよ）

（そんな事有るの？）

（貴女の感情がこもっていたのと、機械を通したので音に成ったのだよ、珍しい出来事だよ）

再びマイクの側に行って泣き声を出そうとするが、今度は何も出て来ない。

（まあ、時々現世との境に入る事がこれからも有るから、注意して）と言うと画老童子は消えてしまった。

その頃、ラブホで監視カメラの映像を調べる若い刑事達が、駐車場からあがって来る場所に設置されたカメラの映像を早送りで調べていた。

「一年前からの分しか残っていませんよ」とホテルの従業員が言うと「それで充分です」

「古い方から見てみよう」最初にいきなり「これ！」と叫ぶ須賀刑事、画面には香里の姿が映し出されて、直ぐに画面が変わって勝弘が女と来ているのが、繋がって流れた。

一瞬見た二人の刑事には香里と勝弘が、このラブホに一緒に来たと思ってしまった。

ビデオの録画ミスで、香里の画像は古くて、新しく撮影されたのが勝弘の画像なのだが、最後まで巻き戻しがされずに、上書きされていたので同じ日の同じ時に通路を二人が通った画像に成っていた。

その部分を複写すると、完全に二人がこのラブホに一緒に来た画像に成ってしまうから、恐い、若い刑事も最初からの思い込みが有るので、全く疑わずに帰って行った。

「早かったですね」

「本当だ、彼女が見たら、言い訳は出来ないな」

「そうですね、泊さんは信用していませんでしたが、これで納得するでしょう」二人は意気揚々と帰って行った。

葬儀場で美千代を見送った香里は憂鬱な気分で、警察署に自転車で向かった。

一度の過ちでラブホに一緒に行った足立が殺された？

大手の調剤薬局の事務として雇われて楽しく仕事をしていたのに、足立との過ちで辞めた香里には今度は殺人事件で呼ばれるとは？　と因縁すら感じていた。

警察では色々聞かれるわよね、ラブホの話とか？　嫌だわ。途中のコンビニでサンドイッチを買って公園で食べて、警察に向かう香里だが、逮捕されるとは考えてもいないのだ。


美千代が火葬場に到着したとき、棺桶が火葬される寸前に成っていた。

家族が再び涙ぐむのを見ると、美千代も堪らず涙が溢れる。

「最後のお別れです」係が言うと、孫娘の京佳が大声で泣く。

信樹の子供は小学生が二人で、釣られて泣き出すから家族全員が泣き出してしまう。

〈五月蝿いお婆さんも呆気ないわね〉と声が聞こえて、急に泣くのを止める美千代。

（今のは？　純江さん？　信樹の奥さんの紅葉さん？　どっちなのよ？）と怒る美千代だが、棺桶が中に押し込められると扉が固く閉ざされる。

しばらくして「点火」の声に（熱いわ、熱いわ、画老！）呼ぶ美千代。

（馬鹿だな、火を見ていたら熱いよ、そんな場所に居ないで、こっちで待つのだよ）

（そうだわね、棺桶の近くに居たから、気分は火傷よ）控え室に行く美千代。

（二時間後には、骨だけだよ、最悪な気分になるから、見ない方が良いよ）

（いいえ、見るの）

（そう、好きにして）と画老童子は消えてしまった。


勝弘も葬儀の終了で涙に包まれて、年老いた両親が棺に泣き崩れるのを見て、自分の今までの行動を反省していた。

流石に娘二人も涙を流して見送って、勝弘の涙が自分の顔の目元に流れた。

「きゃーーー」と大きな叫び声の女性が「見て！　この死体の頬に涙が流れているわ」

「わー、生きているの？」

「死体が涙を流しているよ」大騒ぎになりだして、葬儀場の係が慌てて見に来る。

鼻に手をあてて「間違い無く死んでおられます」確認するハプニングを巻き起こしていた。

現世との狭間に流れ出た涙が起こした奇跡を目の当たりにした人々は、携帯に写す。

「見たよね！」「間違い無いわ」今まで悲しみの中に居た参列者は、好奇心の塊に成って、神秘の世界に興味津々に成っていた。

（今までの、悲しみはなんだ？）と今度は怒り出す勝弘。

棺は車に載せられて火葬場に向かう。

「驚いたわね」

「ほら、これ動画で撮影したのよ」

「わー、良く撮れているわね」

「サイトにアップすれば、儲かるよ」

（えー、この娘達は、親の死に顔で儲けるのか？）と呆れかえる勝弘だ。

第九話　窮地

（叔母さん！　何しているの？）

（ああ、釜江さんか貴方も来たのね、焼けるのを待っているのよ）

（自分の骨を見る為？）

（そうよ、興味有るわ）

（俺、興味無いから、可愛い女の子の裸でも見に行くわ）

（幽霊に成っても同じだね）

（四十九日間だけだろう？　自由に飛べるのは？　その後は誰かの腹の中だろう？）

（そうよね、そうなると貴方とも会えないわね）

（今のうちだよ、行って来ます）

（あっ、行っちゃった）自分の棺が焼かれる前に何処かに消えた勝弘。


警察署に行った香里を、取調室に案内する須賀刑事に「ここって、取り調べの部屋？　テレビで見る感じだわ、何故？　私が？」と聞いていると泊刑事がやって来て「ご苦労さん、戸崎さん、もう隠しても駄目ですよ、証拠も出ているから」説き伏せる様に話す。

「はあ？　何を隠すのですか？」不思議そうに尋ねる香里。

「殺人ですよ」横から須賀が言う。

「誰が亡くなって？　足立さん？」

「それ、誰？　他にも犯罪が有るのですか？」須賀が驚いて尋ねる。

「貴女が釜江勝弘さんをスナックで、突き落とした件ですよ」泊刑事が言うと「知りません、あの方が勝手に落ちたのです」怒った様に話す香里。

「じゃあ、何故警察に届けなかったのですか？　血を流して倒れている人を見て、救急車も呼んでないですよね」須賀が怖い顔に成る。

「それは……」と言葉に詰まる香里。

確か隣の（梓）に逃げ込んで、警察官が調べに来たけれど知らないと、ママが話してくれて、香里も知らないで帰った記憶が蘇っていた。

誰かが見ていたの？　私何もしていないのに？　足立さんとシルクシャトウに行ったから、その足立さんが事件に巻き込まれたか、亡くなって何か聞かれるのかと思って来たのに、あの転落事故の犯人にされているの？　と頭の中を色々な事が駆け巡った。

「何を考えているのだ、目撃者も裏もとれている、正直に話して罪を償え」須賀が詰め寄る。

「知りません、あの人が自分で落ちたのです、警察も救急車も浮かびませんでした、恐くて」「逃げたのだろう？」

「……」無言で反論が出来ない香里。

「戸崎さんは釜江さんを以前から知っていて、あの日もお金の事で口論に成って突き飛ばした、そうだろう」須賀刑事が決めつけた様に話す。

「違います、知らない人です」

「嘘を言うな、二人はホテルに行く関係じゃないか、酒ばかり飲んでいる釜江にお金を貸していたのだろう？」意味不明の話に驚く香里。

「これは？　誰だ？」と机にホテルに在る監視カメラの映像プリントを並べる。

「二人が仲良く、行っているでしょう？」泊刑事は意外と物静かに言う。

「何度行ったの？」好奇心の目で尋ねる須賀刑事。

写真を見て「これは！」と驚く香里、確かにそこには自分の後に釜江の姿が映っている。

「観念して、正直に話して楽に成れば？　今日葬式だったでしょう？」

「私は本当にこの人を知りません、あの日に店の近くで会っただけです」

「じゃあ、この写真は？　これはシルクシャトウと云うラブホテルの駐車場から、ホテルに上がる処に監視カメラが設置されているのだよ」須賀が言うと「戸崎さん、このラブホに行きましたよね」泊刑事が尋ねると、頷く香里。

「でも、この釜江さんとは行っていません」

「じゃあ、誰と行ったのですか？」

「……」

「答えないと、確定に成りますよ」

「……」中々言葉に出せない香里。

しばらくして「足立さんと一度行きました、もう一年以上前です」

「何処の足立さん？」

「ひまわり薬局の事務長さんの足立幸介さんです」

「ひまわり薬局はチェーンの調剤薬局だな」泊刑事が言う。

「一年程前まで、そこの事務の仕事をしていました、それで足立さんと交際をして、誘われて行きました、その時の画像です、服装を覚えていますから間違い無いです」ぼそぼそと答える香里。

「その足立さんは何処にも映っていませんがね」

「須賀君、直ぐにひまわり薬局に電話をして、足立と云う男が居るか確かめて来い」

「はい」須賀が取調室を出て行った。

香里は何故？　この様な事に成ってしまったのか？　とあの時の情景を思い出していた。

自分が隣の（梓）に入る前に誰かに見られていたのだろう？　あのママは親切に警察にも証言してくれた。

「幾ら程貸していたの？」と泊刑事がたずねる。

「誰に？　でしょう？」

「突き飛ばした釜江さんに、住んでいる住居から考えると、貸したお金が戻って来ないと焦るよね」

「関係無いです、知りません、あの夜会っただけです」興奮気味に否定する。

須賀が戻って来て「泊さん、足立はひまわり薬局を最近退職していますね」と話した。

「それで、住所とか連絡先は判ったのか？」泊が尋ねる。

「はい、携帯番号が判ったので、かけましたが繋がりませんでした」

「そうか、何度もかけてくれ」

「はい、白鳥に頼んで置きました」須賀が答える。

「このままですとお泊まり頂く事に成りますが？」

「えーそんな、自宅には高校生の娘が一人、夕方には帰ります、無実の罪の人を警察は捕まるのですか？」と気丈に答えるが不安が大きくなる。

その時白鳥が駆け込んできて、泊刑事に耳うちした。

「今、足立さんと連絡がとれたよ」

「そうですか、良かった」と安堵の顔をする香里。

「戸崎さんとその様な関係にも成ってないし、ましてホテルに行くはずがないとの返事です」

と泊が説明した。

「そんな、足立さんが嘘を……」困惑の香里。

「もう観念しなさいよ、突き飛ばしたのでしょう」須賀刑事が詰め寄る。

「違いますーーー」と大声を出すと机に泣き崩れる香里。

「もう少しだ、認めるのは時間の問題だ」小声で須賀に話す泊。

「はい、自白させます」須賀と泊が耳うちして話している。

すると香里が起き上がって「（梓）のママさんに聞いて下さい、お願いします」泊の背広の裾を持って懇願すると「戸崎さん、そのママは貴女が血相を変えて、呆然と立って居た。何かとんでもない事態だと思ったと証言しているのですよ」泊刑事が証言を教えた。

「えー、そんな事」香里は窮地に立たされたと項垂れて無口に成ってしまった。

その足立は香里以外にも薬局の女性に声をかけてはホテルに行く事を数人に繰り返していた。その中の一人が会社に訴えたので、発覚した。円満退社か？　それとも他にも被害者が沢山居るのか？　と調査の最中に成っていた。

中々名乗り出る女性が居なくて、足立はこの訴えた小杉彩乃一人を騙した事に成りつつ有った。その最中の警察からの問い合わせに驚いた足立は、認める筈もなかったのだ。

何も喋らなく成った香里は警察との根比べ状態に成っていた。

香里は誰か証人に成ってくれる人は居ないのかと考えるが、唯一の隣のママが反対の証言をしたのなら、どうする事も出来ないと気が狂いそうに成っていた。

第十話　亡霊の反撃

消えてしまった勝弘は、香里のアパートに来ていた。

凜香の若々しい身体を見たので、もう一度眺めたいと思ってやって来たのだが、凜香の姿はアパートに無い。

名前を覚えていない勝弘は凜香の処に飛ぶ事が出来ないので、待つ事にして近所を浮遊していた。

美千代は自分の骨を見てショックを感じた。やはり見るべきでは無かったと後悔をして、これから何処に行こうか？

新しい母は誰だろう？　そうだ！　店は誰がするのだろう？　と自分の店にやって来た。

張り紙が破れて、風に揺れて僅か数日前の出来事なのに、時間の経過を痛切に感じていた。

店は誰がしてくれるのだろうか？　長年続いた（夢）が無くなるのは寂しい気持ちも有った。

もう陽が西に傾き、伸子の処に行って状況を確かめようとする美千代。

その伸子は葬儀の後、香里を除く三人で店の事を話し合っていた。

長い話し合いの中で、四人で引き続き営業していく事に成ったので、ビルの所有者と明日伸子が代表で会う事に成った。

「香里にも連絡して、了解を貰いましょう、週三日は出て貰わないと廻らないから」伸子が話して電話をするが中々電話に出ない。

「香里、警察に行くと言っていたわよね」

「そう、前勤めていた会社の人が事件に巻き込まれて聞かれているとか?」と話している時に美千代が飛んで来た。

「変ね、電話出ないわ」香里は携帯を切っていたから、繋がらない。

「四人でも足りないから、今までよりも沢山出勤して貰わないと、交代で早出もして掃除も有るからね」伸子が話しながらもう一度電話をするが繋がらない。

「警察で何か有ったのかな?」と愛の言葉に美千代が（えー、警察に）叫ぶと直ぐに香里の場所に飛ぶ。

結局三人は誰か人を雇う事にして、五人体制で店を継続する事で別れた。

香里が追求でピンチになり、今にも逮捕されそうな雰囲気に成っていたのを知る筈もない。

美千代が警察にいる香里の処に行くと「もう自供して、楽に成れ」泊刑事に説得されている。

瞳は真っ赤に充血して、泣いていた事が美千代には直ぐに判った。

机の上の写真を見て、驚く美千代（これは、ラブホの写真?　釜江さんと一緒に行ったの?

二人が嘘を?　あの馬鹿、おーい釜江!）と呼ぶ。

（おい、良い処だったのに、高校生が生着替えの時に呼ぶなよ）勝弘が側に来る。

（これ、見てみなさいよ、二人は私を騙したの？）机の写真を見る勝弘が（何故？　この子とラブホに行っているの？）不思議そうに話す。

（知らないわよ、香里が貴方を殺した犯人にされているのよ、何とかしなさいよ）

（俺、身に覚えが無いのに、そう言われても）と困る勝弘。

「どうしても、自白しないなら、今夜はお泊まり頂きますがね」須賀刑事が言うと、香里が顔をあげて「認めたら帰れるのですか？」急に尋ねる。

「馬鹿じゃないの、即刻逮捕ですよ」と言う須賀刑事。

「認めるのですか？」泊が念を押す。

「家に帰らないと、子供が心配します、もう帰る頃ですから」香里が時間を気にしている。

「子供の心配より自分の心配をしたらどうだ！」

「でも、私が何故？　あの人を殺す必要が有るのでしょう？」香里も泣きながら冷静に考えていた。

「お金を貸していたでしょう？」と言う須賀刑事に「ははは」と急に笑い出す香里。

「狂ったのか？」須賀刑事が不思議な顔に成る。

「冗談でしょう、人に貸すお金なんて有りませんよ、調べれば判るでしょう、子供の教育費と生活で一杯よ、あの住まいを見ても判りませんか？」香里が急に反論を始めた。

（そうよ、そうだわ！　香里負けるな）応援する美千代。

（俺、何も用事無いから、行くぜ、高校生！　高校生！）と言って消える勝弘。

（駄目、戻って見守るのよ、帰れ）と叫ぶと（男友達来ていたのに、何か有るかも）と言う勝弘。

（えー、何の話なの？）美千代も急に気に成った。

（この女の子供の家に、高校生の男が来ていたのだよ）

（えー、母親が留守の時に家に？　大変だわ、間違いが有ると）今度は美千代が消える。

（あちゃー）美千代が驚く光景が目の前に有った。

凜香と高校生が抱き合ってキスをしている現場に遭遇して（駄目だ、これ以上は駄目よ、どうしょう、おーい釜江）と呼ぶ。

（おい、今度はここに呼ぶのか、おおーキスしている、中々二枚目の男だな）

（加東って、書いているわ、でも駄目高校生がこれ以上したら駄目）と言い出す美千代。

（電気を消せよ）と言う勝弘（そうよ、電気を消して、違うそうでは……）と言いかけると本当に暗闇に成った。

「どうしたの？」凜香が驚いて尋ねた。

「停電」キスをしていた二人が急に離れて外を見る。

「他の部屋点いているよ」近くの家を見て言う。

（あれ？　何故消えたの？）

（電気を点けろよ、見えない）

（そうよ、点けて）と言うと今度は明かりが点く。

「点いた」

「どうして？　古いアパートだから？」

（もしかして、二人で同じ事を願うと、出来るのかな？）美千代がその事に気づく。

（本当か？）

（じゃあ、もう一度試しに、電気を消して）

（電気を消せ）

「いやー、又消えたわ」凛香が驚いて、青ざめる。

「ボロアパートだから？」

（本当だわ、同じ事言えば反応するわよ、今度は点けてみましょう）面白く成って、何度も消したり点けたりを繰り返す二人。

「俺、今夜は帰る、気持ち悪いよ、折角だけれど、また今度ね」加東は顔色を変えて、部屋を出て行った。

（帰った、幽霊の私達でも、追い返せた）

（俺は見たかったな）

（馬鹿、お母さんが警察に逮捕されるかも知れないのに駄目よ）凜香は蛍光灯を見上げて怪訝な顔に成っていた。

（二人で協力すれば、他にも出来る事が有るわよ、行きましょう）

（何処へ）

（警察よ）

再び取調室に戻るが香里の姿は無い。

（あれ？　消えた、何処に行ったの？）

（死刑に成ったのか？）

（貴方本当に馬鹿よね、貴方を突き落としたとしても、死刑には成らないよ）

隣の部屋で泊刑事が「お金の流れをもう少し調べよう」

「上手に逃げられましたね」

「でも確かに、お金の余裕は無いと思う、あの酔っ払いにお金を貸す様な女性では無いと思うよ」泊刑事が資料を見ながら確信した様に言った。

「まあ、確かにあの死んだ釜江は駄目な男でしたね」

（俺の事だよ、この刑事野郎）と須賀の頭を叩く勝弘。

「明日から、お金の裏付けと森永と云う（梓）の従業員の話も聞いてみよう」

「でもあの、酔っ払いの馬鹿な男の為に、殺人犯に成るのは辛いでしょうね」

（誰が馬鹿だ！）今度は連発で頭を叩く勝弘（香里を虐めるから、私も一発叩いてやろう）

「あっ、痛い」と声を出す須賀刑事。

「どうした？」と泊が尋ねると「急に頭の天辺が痛かったのです」と答える須賀。

「大丈夫か？　頭の線が切れかけているかも？」

「冗談は止めて下さいよ、僕はまだ若いし独身ですよ」

（わー、また反応有ったわ、もう一度叩いてやれ）美千代が叩くと勝弘が勢いよく叩く。

「痛い」頭を押さえる須賀刑事は「本当に、切れかかっているのかな」と考え出していた。

第十一話　興味を持つ小菅

香里は長い取り調べの後ようやく解放されて、自宅に急ぐ途中で夕食を買って帰ると、凛香が「お母さん遅かったわね」そう言って出迎えた。

「店の事を相談していたのよ」

「このアパート引っ越ししない？」凛香は先程の事が気に成って、香里の帰りを待っていた。

「えー、何故?」驚く香里。

「だって、古いし先程、蛍光灯が消えたり点いたりを繰り返して、恐かったのよ」

「今、何ともないじゃないの、それより明日休みでしょう」

「もう卒業迄学校に行く日は少ないわよ」

「四月から大学生だから、自分で色々するのよ」

眞一がお金を援助してくれて、凜香は大学に行ける事に成っていた。

「明日は、バイトの面接に行く予定よ」

その時、携帯に伸子から電話が有って、店のローテーションの話をした。

週にもう一日出られないかと聞かれたが、昼間の仕事の関係で、今の時間が限界だと答えると、一人か二人増員が必要に成ると言って伸子の電話が終わった。

誰か知り合い居ないかな? とも聞かれて考える香里だ。


翌日バイトの面接に行って自宅に戻った凜香を見計らった様に、須賀刑事と小菅刑事がやって来て凜香に釜江の写真を見せて「この男を見た事有りませんか?」と尋ねた。

「全く知らない男の人です」と答えると「お母さんが誰かにお金を貸して、返して貰えないとか話していませんでしたか?」と尋ねた。

「刑事さん、面白い質問ですね、借りる事は有っても貸すお金は有りません」笑いながら言った。

「高校生なの？」と小菅刑事がたずねると「もうすぐ卒業です」はっきりと答える凜香。

「働くの？」

「いいえ、大学に行きます」

「お金、必要でしょう？」小菅は先程の話と照らし合わせて、不審に思って尋ねた。

「お父さんが援助してくれます」嬉しそうに言う凜香。

「おい、帰ろう」須賀が言うと「君、バイトするの？」何故か気に成る小菅が尋ねた。

「勿論です、今日も面接に行って来ました」

「決まったの？」

「まだ、判りません」

「良いバイト有れば、紹介するよ」小菅刑事が言うと「お前何を話しているのだ？」と須賀刑事が怒る。

それでも小菅は名刺を出して、連絡するから携帯番号を書いて欲しいと言う。

自分が去年迄働いていた店が、バイトを欲しがっていると言い出したのだ。

凜香は悪い人では無いと思って、名刺の裏に携帯番号を書いて渡すと、もう一枚名刺を出して渡すのだった。

アパートを出ると「可愛い子でしたね」嬉しそうに言う小菅刑事。

去年の四月から刑事に成った新米に「お前、いきなりバイトの斡旋をするなよ」怒る須賀刑事。

「でも、四年間働いたお店の人に欲しいと言われていたので、つい」と話して笑った。

自転車で二十分程の場所に在る本屋が、小菅が四年間働いていた店だ。


「これから、あの子の母親の職場に行く、同僚に聞いて釜江との関係とお金の動きを調べるぞ」

「はい」三十過ぎの須賀と二十三歳の小菅健太。

「お前の家って、この辺りでは有名な資産家だろう？　何故？　バイトしていたのだよ？」須賀が尋ねる。

「お爺さんの財産で、僕の物ではないし、お爺さんが自分で何でも自立しなければ、自分が亡くなった時困るだろうと、育ててくれたのです。昔は普通の農家でしたから、今では町が開けて農地が無くなりマンションとか、駐車場に成っていますがね」周りを見渡して話す。

「そうか、中々賢い爺さんだな、孫に自立させるなんて」

「お袋も働いているからです」小菅が話した。

「えー、お母さんも働いているのか？」

「小学生の時に親父が亡くなって、それから働いています」

「お姉さん居たよな」

「はい、東京の大学を卒業して、そのまま就職して、殆ど帰って来ません」

「よし、職場に行こう」香里の職場に向かう。

「何処でした？」場所を確認する小菅。

「ホームセンタームカイ、本町店」

「えー、ホームセンタームカイ？」驚いている小菅。

「どうした？」

「そこはお袋の働いている店のひとつです」小菅が答える。

「何だって、お母さんに聞けば判るか？」

「店舗が違うので知らないかも、でも長く勤めていたら別ですが」

「まだ、一年程だろう」二人は車で店に向かうが、香里に見つからずに同僚に聞く必要があるので、様子を見ていた。

しばらく様子を見ていた小菅刑事が「あれ？」と向こうを見て言う。

「どうしたのだ？」

「お爺さんとお婆さんですよ」そう言って指を指す。

前方には老夫婦が軽トラックに、肥料の袋と土の袋を載せているのが見えた。かなり重そうだ。

小菅が走って行くと「健太！　どうしたの？」祖父母が言う。

「驚いたよ！」祖父が言った。

二人は肥料の袋を載せてくれた圭太に驚いていた。

少し離れたところから見ている須賀に二人が会釈をしたので、慌ててお辞儀をする須賀刑事。

数分間話をして、軽トラックは駐車場を後にした。

戻って来た小菅が「今日は戸崎さん休みの様です」と教えた。

「何故判る？」

「祖父母、この店に毎週来ているらしいので、聞いてみたのです」

「そうか、じゃあ安心だ」そう言って店内に入って行く二人。

「それから、戸崎さんって良い人だと祖父母が話していましたよ」

「うわべでは人は判らない」そう言いながら店内を見て、誰に聞くか店員を物色していた。


その香里は友人の一人に、昨日の警察の事を相談に行っていた。

夕方から伸子の頼みで、店の掃除を手伝う事に成っていた。

長い間休むと客が逃げてしまうので、出来るだけ早く開店させたいと伸子が言うので、昼間の仕事を休んでいた。

仲子は美千代の息子の猛と一緒にテナントの所有者の事務所で、譲り渡しの話をして仲子が店を継承する事が正式に決まった。

店に在る酒類は、猛が開店祝いに全てプレゼントすると言って、酒屋等の支払いも猛が終え店舗の備品も仲子の所有に成った。

日頃から美千代が自分の引退後は仲子にと、何度も猛に話していたので意志を尊重したのだ。

店に残った数少ないローンの機材も猛が全て清算して、製氷機、冷蔵庫やカラオケまで、仲子に譲ったのだ。

「お袋が離婚して、この店で自分達を育ててくれたと思うと閉店は心苦しい、仲子さんが今後も（夢）を営業して下さったら母も喜ぶと思います」と握手をして別れた。

その様子を側で見ている美千代は涙ぐんでいたが、勢い余って大泣きに成った。

「何？」握手の後の手の甲に水滴が当たって、天井を見上げる二人。

「外、雨？」

「雨漏りなの？」と怪訝な顔で二人は真剣に天井を見上げる。

テナント会社の職員が、書類を持って戻って来て「どうかしましたか？」と二人を見て天井を見上げた。

首を傾げる三人を、美千代が微笑んで眺めていた。

第十二話　偽証

翌日、凛香に昨日の面接の結果が連絡されて、時間が合わないので今回は見送らせて貰うと言われて落胆をしていた。

昨日の須賀達の聞き込みで、ホームセンターの職場では香里の噂が広がっていた。

何をしたのか知らない従業員、パートは次々と憶測で噂を広める。

聞き込みをした二人は何も収穫は無く、香里と釜江の姿の目撃情報も皆無、お金を貸したとか、借りた話も無くこの店での聞き込みを終わっていた。

今日は朝から職場に来た香里に友人の児玉が、早速駆け寄って来て昨日の刑事の話を伝えた。

そして、みんなに変な目で見られているから気をつけてねと教えてくれた。

予想はしていたが、早速好奇の目で見られる試練の中に入ったと思っていた。

警察は香里の金銭のチェックを銀行の口座を調べて、綿密におこなって「須賀君、これなら無理だな」泊も口座の金額から、あり得ないと思った。

「本当ですね、お金を貸していてのトラブルは有り得ませんね」香里の証言を裏付ける結果に成っていた。

「逆は？　どうでしょう？」

「逆とは？」

「釜江が男女の関係に成ってから、お金を貸していた」

「あのローン地獄の釜江が？　女に金を渡すかな？」と怪訝な泊刑事。

そこに小菅が「お袋が戸崎さん知っていましたよ、男の噂も無い真面目な人だと話していました」と話した。

「女は判らない、一皮剥けば恐いものだ」須賀が言うと「母は数年前から人事の仕事をしていますから、見る目は確かだと自慢していますよ」と付け加えた。

そんな小菅の携帯に初めて見る番号の着信が有って、慌てて廊下に出て行く小菅。

「どなたでしょう？」

「すみません、戸崎と申しますが昨日のバイトの話を教えていただけないでしょうか？」始めは誰か判らなかった小菅が「戸崎さんの娘さん！」と声が弾む。

「それでは、聞いて連絡します、待っていて下さい」嬉しそうに電話で話す。

「お願いします」の凜香の声、電話が終わると嬉しそうな小菅。

早速元勤めていた本屋、豆の木に電話をする小菅、お前の推薦なら一度連れて来なさいと店主の木梨は答えて、小菅は喜んで凜香に連絡する。

「今夜迎えに行きます。七時なら大丈夫でしょうか？」電話の声が弾む小菅。

「はい、お願いします」の凜香の声に、健太は上機嫌に成った。

今夜、聞き込みにスナックビルに行くと須賀刑事が話している。

「小菅！　行けるか？」

「僕、夜用事が……」と困った顔をすると「良いよ、俺が行く」泊が気を使ってくれた。


天上界では（画老君はもう決めているのだよね、あの叔母さんが蘇る場所）

（うん、決めているよ、意外な処にしたよ）

（僕は今考え中、賭けに勝つには環境を変えないと駄目だからな）

（天使様に見つかると、大目玉だから気を付けて遊ぼう）

（大きな事故とか、天災が無い事を祈るよ、負けた時に重なると、五日でも凄い人数だからな）

アクシデントを危惧する二人。

（酔っ払いは今、何処に行った？）

（女子高生の裸を見に高校に行っているよ）

（相変わらず馬鹿だな、あの男は変わらないだろうから、僕の勝ち決まりだな）
（まだ始まってないのに？）
（準備も大事だからね）二人の神は仕事が一段落し、遊びの話をしていた。

夜に成って嬉しそうに凜香の自宅に迎えに行く小菅、アパートの前にあの加東が来て、凜香を呼び出していた。

家は先日の事が有ったので入り難いので、外に来る様に話していた時、凜香は約束の時間なので制服姿でアパートから出て来て、小菅と加東と二人が鉢合わせに成った。

「あっ」と小菅を見つけてお辞儀をする凜香。

小菅に「お前は誰だ！」と恐い顔の加東、今にも襲いかかる勢いだ。

「待って、加東君、この方は刑事さんで、私のバイトを紹介してくださるのよ」

「何故？　刑事がバイトを？」不思議そうに睨む加東。

「また、説明するから、今夜は帰って、今から面接なのよ」そう言って加東を押さえる凜香。

「行きましょうか？　時間だから」と小菅が凜香を連れて歩き出すと、後ろを振り返って謝る凜香。

車に乗ると「すみません、乱暴な性格で」そう言って謝ると「彼氏ですか？」と聞かれて「まあ、その……。」答える凜香、その後面接の店まで無言の状況に成った。

面接に行くと（豆の木）の社長は凜香を見て「健太の紹介なら間違い無いだろう、可愛い女の子だから店も映えるよ、彼女なのか？」そう言って小菅健太に尋ねる。

「いいえ、違います」凜香が慌てて否定する。

来週からのバイトに決まったが「健太の後輩か？」と社長が言うので「高校の？」答える健太。

「大学だわ」凜香も思い出した様に話を合わせる。

「えー、そうなのですか？　奇遇だな」再び凜香を見つめる小菅健太。

面接が終わって帰りの車で、いきなり健太が「あの、もし彼と付き合いが深く無かったら、僕も友人の一人として付き合って貰えませんか？」と言い放った。

「えー」いきなり告白された凜香は驚きの表情に成って「私まだ、学生ですから社会人の方とお付き合いをするのは……」そう言って躊躇する。

「同じ大学だし、色々教えてあげるよ」嬉しそうな健太。

「そうですか、聞きたい事沢山有ります」と話すのでそのまま茶店に二人は向かって、大学のゼミの話とか色々な話を聞く凜香は、小菅が刑事では無い様な気分に成っていた。

その頃、スナックビルの（梓）の森永と美雪は、度々の刑事の訪問に困っていた。

「このままだと、私達が嘘の話をしたことに成るわよ」

「困ったわね、隣の店も再開店するらしいわ。（夢）の客も何人か来たのに、また戻ってしまうわ」

「娘に一度相談してみるわ、元はあの子が大袈裟に話したのが原因だから」だが、二人の危惧とは関係無く、数日後意外なところから進展が有ったのだ。

警察に電話で、事件当日の携帯の写メを見たと近くのスナックの女性から通報が有ったのだ。

早速そのスナックに夜に成って、聞き込みに行くと、事件の当日の十時頃に入って来た女性が、先程事件が有ったでしょう、その時偶然写したのよと見せてくれたと話した。

何故今まで言わなかったと泊が聞くと、自分の友達が警察の人が事件の事を調べて何度も聞き込みに来られたと聞いたからですと答えた。

「その客は誰ですか？」

「それが初めての客で、ビール一本飲んで興奮して帰られました」

「どの様な写真でしたか？」

「それなら、これよ！　見て」とＡ４の紙に上手に描いた絵を差し出した。

それは明らかに下から写した絵で、手を突き出す女性が描かれて、丁度下に男が落ちている絵だった。

「泊さんこれは、明らかに手で押していますね」須賀刑事がその絵を見て話した。

「そうだな、でも女性の顔ははっきりしていないな」と言うと「そんなに真剣に顔見てなかったけれど、時々あのビルで会う女だったわ、見れば判りますよ」と言うので「この女か？」写真を差し出す須賀。

「この女でした、間違い有りません、携帯の写真の女はこの女です」白井ゆみは写真の女性を断言した。

第十三話　作られる犯罪

白井ゆみの描いた絵を持って、スナックを出ると須賀刑事が「これで決まりですね」と嬉しそうに言う。

泊は「この写真を見せた二十代の女性が誰で、何処にいるのか調べる必要が有るな」と釘を刺す。

「もう一度引っ張りましょうか？」

「そうだな、事情を聞かなければならないだろう」

「それにしても上手に絵を描くな、あのママ」

「本当ですね、プロですね」

「あの店はもう開店しているのか？」

「そこですよ、見に行きましょうか？」とエレベーターに乗って三階に来る二人。

丁度（梓）の森永が外に出て客を見送りに来ていた。

軽く会釈の森永、客を送ると慌てて店に戻って「あれ？　刑事は？」と美雪に尋ねる。

「来なかったわよ」美雪が言うと「変ね、来ると思ったのだけれどね」と言いながら客の相手に向かった。

泊達は丁度片付けの最中の（夢）に入って伸子に香里と勝弘の事を尋ねていた。

「先程まで、香里ちゃん居たのですよ」

「その方は？」

「今度の開店から手伝って貰う、女の子です」四十代後半の女性が掃除をしていた。

「片桐萌さん、こちらは刑事さんですよね」と言うと会釈を遠くからする萌。

白井ゆみに聞いた特徴を話して、二十代の女性を尋ねたが全く判らないと言う伸子。

「庇っていますかね？」

「それはないだろう」二人は帰って行った。

泊の報告とイラスト画を見た捜査課長は、戸崎香里を呼んで自白させろと言い出した。

小菅は困った顔をしたが、新人で捜査方針に文句は言えないので、我慢をする。

翌日、ホームセンターに警察が急行して、戸崎香里はパトカーに乗せられて連行された。

もう勤め先の店では大騒ぎで、従業員が口々に殺人犯らしいわよと噂話に成っていた。

店長から直ぐに本店の人事に連絡が届いて、小菅恭子の耳に入る。

恭子は直ぐに息子に電話で確かめる周到さ、健太は凛香の手前、警察の勇み足で犯人では無いと言い切ると、恭子も「あの人はそんな人ではないと思うわ」そう言って理解を示した。

健太は凛香に伝えなければいけないのか？　と迷っていた。

だが中々携帯のボタンが押せないのだが、夕方に成って凛香の耳に児玉が、お母さん警察に連れて行かれたよ、知っているの？　と連絡をしてきた。

時々自宅にも来るから、よく知っていた児玉は、凛香が心配に成って教えてくれたのだ。

直ぐさま電話をする凛香「お母さんが、警察に居るの？」と小菅に尋ねる凛香に、驚きの声で「そうだ、今取り調べ中だ」と答える。

「何故教えてくれなかったの？　母が何をしたの？　何故捕まったの？　罪は重いの？」矢継ぎ早に出る質問に答えられない健太。

電話を終わっても放心状態の健太に「着替えとか家に行って、貰って来い」須賀刑事に言われる小菅。

　何故？　自分がと思ったが命令で仕方無く、自宅に向かう小菅。

　自宅で明かりも灯さずに呆然としている凜香。大学に行くとかの問題では無い、明日からの生活が困る凜香だ。

　チャイムの音に急に我に返る。古ぼけた扉を覗く「あっ」と言うと扉を開くといきなり土下座をする小菅「すみません、連絡するべきか悩んだのですが、出来ませんでした、許して下さい」その行動に驚きの表情に成る凜香。

「そこまで、母が何を？　何の容疑？」矢継ぎ早に尋ねる凜香。

「……」そう聞かれても直ぐには答えられない小菅。

「教えてよ、交通事故ではないから、何か盗む？　母はそんな事はしない、警察に捕まる事するはず無い……何なの？」必要に尋ねる凜香も必死。

「……」無言の小菅。

「何故、黙っているの？」と聞くと「あの、殺人です……」とぼそっと言う小菅。

　唖然とする凜香だが急に「ハハハ……」と笑い出した。

　驚く小菅を見て「母はゴキブリも殺せませんよ、冗談でしょう」真面目な顔で言う凜香。

「……」無言で聞く小菅。

「嘘よね……」ポツリと確かめる凛香。

「……」

「嘘よね……」と小菅の身体を持って何度も聞き直す。

何も答えられない小菅健太。

やがて「僕もお母さんは絶対に犯人では無いと思います」と言い切る。

「ありがとう……」と言う瞳に涙が溢れて落ちた。

いつの間にか小菅は凛香を抱きしめて「僕がお母さんの無実を証明するから、安心して」そう言う小菅は落ち着いた凛香に事件の内容を話した。

今夜は帰れないから、着替えと必要な物を取りに来たと説明して、凛香が鞄に纏めるのを待っていた。

そしてもしも長引きそうなら、ここに一人は大変だろう僕のお爺さんの処に来れば良いよと伝えて鞄を持って帰ろうとすると、凛香が「よろしくお願いします。母をたのみます」とお辞儀をした。


小菅が帰ると凛香は直ぐに伸子に電話をして、母の事件を伝えた。

仲子は話を聞いて驚く。刑事がスナックビルに来ていたのは知っていたが、香里さんが犯人にされていたと聞いてはいなかった。確かにその日、香里さんが店に張り紙を貼りに行ったのは間違いが無い、その時何が有ったのか？　仲子にも判らないが、釜江さんと付き合っていた事実は無いと思っていた。


毎日の様に高校に行く勝弘、美千代は自宅で猛が自分の物を整理しているのを毎日眺めていた。懐かしい写真、懐かしい服、六十六年の歴史が一つ一つ蘇って感慨深い美千代。

店も仲子が引き続き営業してくれるから、後は生まれ変わるのが誰のお腹なのか？　お父さんは？　お母さんは？　の心配が今の楽しみと不安だ。

勉強を頑張って良い学校に行く、学歴社会だから頑張ろう、美男子には目を向けない、真面目に働く男と結婚する。

これから何年生きるのだろう？　また六十年生きられるの？　今度は海外に旅行に行きたいわね、仕事に追われて一度も海外には行ってないから、水泳は好きだから早い時期に始めて選手に成るか？

飲み屋は絶対にやらない、もう酔っ払いは要らないわ！　と色々と夢を膨らませていた時、

「貴方、大変よ！　店の戸崎香里さんが逮捕されたって、仲子さんが連絡してきたわ」

「えー」（えー）猛と美千代が同時に驚きの声をあげた。

「貴方、声がお母さんに似てきたわ」と純江が驚きの顔をする。

「逮捕理由は？」

「殺人だって」

「えーー殺人？」

「そう」

「誰を殺した？」

「知らない人だって」

「知らない人殺すか？」と驚きの猛、既に美千代は警察に飛んで香里の側に居た。

（おーい釜江さん！）叫ぶ美千代だった。

第十四話　急接近の二人

母の実家は四国の愛媛で既に両親は亡くなり、殆ど行く事が無くなっているので、凛香には身を寄せる処が無かった。

それを香里が荷物を持ってきた小菅に伝えて、自分の事よりも子供の凛香を心配していた。

「判りました、自分が責任を持って、ガードします」と話して香里を安心させていた。

側に居る美千代が（この刑事、娘に気が有るのか？）と見ている。

（それなら安心だ、あのボロアパートで一人は心配だったからね）

（可愛いから虫が付くな）

（貴方の様な虫では無いから、大丈夫よ）勝弘に言う。

（先程の刑事って、良い子みたいだね）

（今来た刑事は悪い子だな）頭を叩くと美千代が同じ様に叩くと「痛い！」頭を触る須賀刑事。

「この絵を見ても認めないの？」

「そんなの誰でも絵の上手な人なら描けますよ」

「じゃあ、お前が描いてみるか？　待っていろ」と紙を取りに行く須賀。

しばらくして紙を持って入って来る（いじめだな）と、勝弘が再び頭を叩くと美千代が叩く。

「痛い！　頭が悪いのかな？」と口走って紙を香里の前に置く。

「書いてみろ」

「例え話です、私が書けるとは行っていません」怖い顔の香里。

「まあ、試しに何か書いてみれば、俺でも良い」鉛筆を手渡されて紙に向かうが、香里が絵は描けないのを自分で知っていた。

すると紙に、須賀の姿が書かれていく「えー、これは」と驚く香里の鉛筆の先が、勝手に鬼の様な須賀の顔を綺麗に描き上げていった。

（釜江さん上手ね）美千代が驚く。

（これでも美大出身だ）

香里の手に釜江と美千代の手が重なって、恐ろしい程の絵が出来上がった。

「何、俺が鬼なのか？」と絵を見て驚く須賀刑事、描いた香里がもっと驚いていた。

（面白いわね）

（そうだな、二人なら幽霊に成って、悪戯出来るのだな、頭を叩いたり、電気を操作したり、他にも何か出来るのかな？）

（もう少し何か描いてみよう）でも鉛筆を持つ事も出来ない。

（持てないな、誰かが持っていたら出来るのかな？）

（判らないわ）と二人の幽霊は半分楽しんで遊んでいる。

自分の絵を持って取調室を出る須賀「これ見て下さい」

「おお、上手に描けているな、須賀が鬼か？」笑う課長。

「あの戸崎が描いたのですよ」

「上手だな」泊が言って「あの絵を描いたママも上手だ、今日は探せなかったが、明日からその携帯の写真を他に見た人が居るか聞こう」

「それとその女も探してくれ」その夜、香里は警察に泊められてしまった。

側には美千代が（どうしたら良いかな？　困ったな、釜江さん貴方が自首しなさいよ）

（叔母さん、俺が死んだのに何故自首出来るのよ）

（でも、あの絵も写真も変ね）

（始めから、香里さんが犯人にされているよ）

（誰が得するのよ、香里を犯人にして）と怒る美千代。

（香里が店に出られなかったら、もう一人確実に足らないわ）と美千代が言うのと同じく伸子が愛に電話で香里が逮捕されていると教えて、知り合いを捜して欲しいと頼んでいた。

驚く愛だが、明日から再営業の予定だから緊急に人が必要なのだ。

夜遅く成って凜香のボロアパートの下に来た小菅健太、声をかけるべきか悩んでいた。

部屋の側まで行くと、大きな声で誰かと話しているのが聞こえる。

「もう、いいわ！　お別れね」と聞こえる。

その後大きな泣き声が聞こえ出して、思わずブザーを鳴らす小菅。

小菅を確かめて、扉を開くと同時に凜香が小菅に抱き着いてキスを求めて来た。

驚く小菅だったが、その唇を受け止めていた。

しばらくして泣くのを止める凛香が「彼が犯罪者の娘とは付き合わないと、電話してきたの」半分泣きながら話した。

「まだ、決まってはいないよ、重要参考人」

「でも世間では逮捕されたと噂が、学校にも流れて加東君も知ったの、だから絶交に成ったのよ」そう言うと再び泣き出す凛香。

香里から聞いている小菅は、夕食も食べていない様子の凛香を自宅に誘った。

自分の家の隣が祖父母の家だから、そこなら安心だから、祖父母も二人だけで退屈しているから丁度良い。

バイトの本屋まで近いし、お母さんが戻るまで住めば、自分も安心して仕事が出来ると思っていた。

キスをして落ち着いたのか、凛香は小菅の申し出を受け入れて荷物を纏めだした。

小菅がお母さんに自分が頼まれたと話した事も、安心の材料に成った様だ。

祖父母に事前に、もしかしたら若い女の子を連れて帰るから、頼みますと話していた健太。

勿論恭子にも連絡をしていたので、準備は整っていた。

自宅に到着すると時計は十時前、祖父母と恭子を紹介して恭子が食事をテーブルに並べて「二人共、まだでしょう?」と言う。

健太と凜香は急に空腹を感じて「遠慮なく頂きます」そう言うと食べ始める。

母親の事を誰も聞こうとはしない、気を使っていたのだ。

健太も凜香とキスをしたので、お互いの意志が通じていると喜んでいたので機嫌が非常に良い。

祖父母の家に凜香が行くと母が「あの子の事好きなのね」笑顔で尋ねた。

「そうだよ、好きだ」と隠さない健太、恭子も母親の香里が殺人を起こす人間では無いと信じていたから「早く無実を証明してあげなさい」と応援をした。


美千代と勝弘は、香里の側で話を一晩中していた。

幽霊は眠らないから、その香里も一睡も出来ないのか、何を考えているのか寝てない。

翌日から若い女性の目撃者と、写真を見た人の捜査に重点が絞られた。

昼間は香里の取り調べが続くが新しい話は出て来ない。

画老童子と安芸津童子は（どう?　これで僕の思惑通りに成ったでしょう?）

(僕も決めなければ、始まらないよね、誰にするかな?)
(近くで見える範囲だと、結構面白いよ)
(そうね、双子は?)
(双子か、男と女?)
(喧嘩するか?)
(お腹の中で喧嘩するよ)
(じゃあ、あの人にしよう)と指を指す。
(妊娠出来るの?)
(大丈夫、私はその道の神様なるぞ)
(そうだった、安芸津は得意だね)
(旦那様は?)
(これから考える)
(でも面白いな、双子以上に楽しみ深い)笑う二人の神様。
だがその二人の行動は天使様に見られていたのを、二人は全く知らないのだった。

第十五話　頼まれた偽証

誰だろう？　凛香のお母さんを犯人にしたのは？　小菅はスナックビルの現場に来ていた。

三階の（夢）の前は花が飾られて開店初日の様だ。

見ていると隣のスナックから、女性が少し扉を開けて見ているので、小菅が視線を向けると慌てて戸を閉める。

結構ライバル心が有るのだろうか？　刑事の身分を隠して入ってみようと（夢）に入ると殆ど満席状態で「いらっしゃい」と中年の叔母さんがカウンターの前からおしぼりを渡す。

見渡しても若い女性は皆無、全員三十代後半から五十歳、自分から見れば母親に近い。

「初めてね」今度は異なる女性が来て名刺を差し出す。

「伸子です、よろしく」挨拶をして飲み物の注文を尋ねる。

「ビールをお願いします」と言うと「江美さん、カウンタービールのセットお願いね」と奥に言う。

確かこの前の店には居なかったと考えていると、前にやって来た貫禄のボディの女性、この中では若い方だろう？

「君、前は居なかったよね」と尋ねると「今日からです、前からいらしていたの？」と尋ねる江美。

「紹介するわ、一番向こうの細い人が萌さん、次がママの伸子さん、奥のテーブルが愛さん、その隣が成美さんよ、本当はもう一人香里さんが居るのだけれど、今夜は用事で入ってないのよ」その様に紹介をした。

「はい、香里さんは知っています、お嬢さんも」小菅は思わず喋ってしまう。

「えー娘さんがいるの？」

「はい可愛いですよ」と話していると伸子が来て「ママ、このお客さん香里さんの娘さんと知り合いらしいわ」そう言って紹介をした。

「えー、私も殆ど会った事無いのよ、確か高校生よね」

「もうすぐ大学生です」

「香里さんに似ていたら、可愛いでしょう？」

「はい、可愛いです」と言うと「恋人？」と小声で尋ねる伸子。

照れ笑いの小菅健太「貴方も二枚目よね」伸子に言われる。

「小菅と言います、よろしくお願いします」と言うと「小菅、小菅」と言い始めて何かを思い出そうとする伸子。

「私も知っている人に小菅さんってお爺さんいますよ」伸子が思い出す。

「そうですか？　少ない名前ですがね」と言うと「そうよ、少ないわよね、大金持ちのお爺さんよ、マンションとか駐車場を沢山持って居るのよ」伸子が話す。

急に「えー」と驚く健太に「確か庄ちゃんって、呼んでいたわ」仲子が完璧に思いだした。

「それ、お爺さんですよ」健太が言うと今度は仲子が驚いて「貴方庄ちゃんのお孫さん？」もの凄い驚きの表情に成った。

「はい」

「奇遇ね、世の中は狭いわ」そう言うとビールを注ぐ仲子。

その後の話で、この店に昔は何度か来たらしい、仲子が昼間働いていた喫茶店によく行っていたのだと判った。

店の中に可愛いイラストで、店のシステムと催し等が描かれているので「あれは誰が？　上手ですね」と仲子に尋ねると「今度新しく入った、萌さんが描いたのよ、今までこの店ではあの様な掲示は出来なかったのよ、上手でしょう」と笑った。

小菅は不思議に思った。凜香の母親はもの凄く上手に絵を描くのに？　仲子は知らないのだろうか？　そう思いながらしばらく探りを入れる話をしてみたが、絵を描けるとは思えない話のみで、小菅は不審を抱いて自宅に帰って、凜香にお母さんが絵を描けるのか尋ねてみると、とても見られる絵は描けないと話した。


翌日小菅が思った事は、あの写真の絵を描いたと云う白井ゆみの絵を眺めていた。

「どうした、小菅」泊刑事が尋ねると「この絵上手でしょう？　素人の絵には見えないと思うのですが？」疑問を話した。

「まあ、上手だけれどな」と言うと須賀と取調室に向かう。

「泊さん、僕病院に行っても良いですか？」須賀刑事が急に話す。

「どうした？」

「頭が絶えず痛くて、質問する度に頭を叩かれている様な気分がするのですよ」

「そうか、先日から続いているから、行って来い」須賀刑事は首を傾げながら、出て行く。

(叩き過ぎたか？)

(そうかもね)と美千代と勝弘が楽しそうに話す。

「戸崎さんも絵が上手だが、何処かで勉強されたのですか？」

(あたぼうよ！　芸術大だ)嬉しそうに答える勝弘。

(貴方に聞いていないわ)

「私、絵なんて描けません」香里が答える。

「昨日須賀の絵を描いていた、それも上手だった」

「それが判らないのです、手が自然に動いてしまったのです」

「成る程、釜江さんを突き飛ばした時も手が勝手に動いた？」

「違います！」と化粧の落ちた顔、乱れた栗色の髪で訴える。

疲れが見える香里。

(この刑事の方が少し良いわね)

(あの若いのは嫌いだ)

(もう一人の若い刑事は味方だわ)

(娘が好きみたいだ)と二人の幽霊は香里の側を離れない。

何とか守って無実の罪で警察に拘束されている香里を、助けたいと見守っているのだ。


小菅刑事は女性刑事の大橋を伴って、今日も目撃者捜しに向かう。

白井ゆみの自宅に行って、聞きたい事が有ると言いながら、マンションに向かうと「刑事さん、今何時だと思っているの！」と怒るが時間はお昼前だ。

「すみません、お聞きしたい事が」

「何よ、全部話したわよ」

「いいえ、店に勤めている方の住所か連絡先をお聞きしたくて」

「馬鹿な事を聞きに来たのね、私一人で営業しているのよ」茶色の髪を掻き上げて言うと「もう良いわね」と扉を閉めるゆみ。

「どうして、あの様な事を聞きに？」と大橋が尋ねると「本当にあの人があの絵を描いたのかと思って？」小菅が疑問を話す。

「そうね、あの絵は勉強した人の絵よ、私の友人も昔勉強していたから判るわ」と大橋が言った。

「経歴を調べれば判るのか？」

「多分」

「よし、調べよう」

「命じられた事と違う事すると、先輩に叱られるわよ」

「僕は、あの絵と証言は嘘だと思っているのだよ」

「それ、どう言う事？」

「誰かに頼まれて、嘘の証言をしたと思う」

「えー、それって何の為？」

「判らないけれど、僕はり……戸崎さんが犯人とは思えない」

「私もあの叔母さんが犯人には見えないけれど、誰が陥れる必要が有るのでしょうね」と話しながら白井ゆみを知る人を探して、情報を聞いて、近所の家、店の近くの飲食店と夜迄続いて
「小菅君、熱心ね」大橋が疲れた様子、時計は六時を過ぎていた。

「夕食ご馳走します」白井ゆみの店に近い居酒屋に入る二人。

携帯の絵を店の人に見せて「こんな絵を描く人知りませんか？　この絵を見た事有りませんか？」と尋ねる小菅に「上手な絵ですね」と店員の女性が言うと「そこのスナックゆみのママが描いたのだよ」と言うと「嘘！　絶対に違う」店員が強く否定した。

「何故？」

「以前ゴルフコンペの募集を、店の客に出すのだけれど、誰かに描いて貰える人探していたから」その様に答えた。

「えー」と大橋が驚きの声をあげた。

「ありがとう」店員に言うと「小菅君の予想的中だわね」と大橋が嬉しそうに言った。

「これで、僕の推理が実証出来た」と焼き魚定食を食べる小菅は嬉しそうだ。

第十六話　以前のトラブル

小菅は大橋に口止めをして、白井ゆみの交友関係を探そうと、夕食後スナックを聞いて廻った。ゆみの懇意にしている人を聞いて捜す小菅に「何故、飲み屋さんの知り合いを探すの？」と尋ねる大橋に「だって、あの事件はあのスナックビルで起こったから、嘘の証言をするのは、事件に近い人だと思うからだよ」と答えた。

八時に成って店は殆ど開店して、昼間の暗い町が明るく成っていた。

ゆみの店から数軒離れた店のママが「ゆみのママは確か（梓）に勤めている誰だったかな？叔母さんと親友だったと思うわ」と聞き込んだ小菅は店を出ると「これだ！」と叫んだ。

「やったわね！　近いし間違い無いね」大橋も嬉しそうだ。

「でもまだ、確実ではないよ、あの絵を描ける人なら、間違い無いけれどね」嬉しそうに（梓）に向かう二人。

三階に向かうエレベーターで、降りてきた伸子が「小菅君！」見つけて声をかけた。

「こんばんは」と言うと「流石お金持ちだわね、毎日飲みに出て」と笑うので「少し教えて？」と引っ張り込んで隅に行くと、警察手帳を見せて「え、刑事なの？」とびっくりする伸子に「隣の（梓）って従業員って沢山いるの？」と尋ねる。

「一人よ、どうしたの？」

「その人って絵が上手い？」

「そんな事聞いた事ないわ」

「そうか、上手くないか」

「絵がどうかしたの？」

「戸崎さんの無実が証明出来そうなのです」

「ほんと！　協力するわ」

「それじゃあ、隣の従業員の関係で絵の上手な人、探して」

「判ったわ」

　小菅は口止めをして、ようやく今夜の捜査を終わって署に帰って行った。

　自宅に遅い時間に帰る健太を待って居た様に凜香が「お母さん、いつ帰れるの？　何か新しい事判った」次々と健太に質問攻めだ。

　昼間も警察に着替えを持って行ったが、香里と会えなかったと言う凜香は不安が増大していた。

「大丈夫だ、もうすぐ釈放されると思う」

「何故？　そう言いきれるの？」

「大きな手掛かりが見つかったのだよ」

「何が、何が見つかったの？」と詰め寄る。

　顔が健太の顔の前に来ると思わず抱きしめてしまう健太、堪らずキスをすると凜香も待っていた様に健太に唇を合わせる。

二階の健太の部屋に行こうとした恭子が、階段の下から居間に戻る。

あの二人はもう愛し合っているわと考える恭子、早く香里が戻らなければ二人の仲はもっと親密に成る様な気がする恭子だった。

恭子は二人の交際に抵抗が無いのが自分でも不思議なのだが、何故か応援をしてしまうのだ。


翌日の夕方で、逮捕か釈放を決める事になる香里だが、連日の取り調べで限界に近づいていた。

須賀刑事の尋問の時は二人が邪魔をして、頭を叩くので毎日の様に病院に走って行く須賀だが、香里の犯罪を決める決定的な事はないので、自白以外決め手が無い。

夕方に成って香里は疲れて「もう、どうでも良いわ」溜め息をついて「私が突き落としました」と自供をしてしまった。

(何を言い出すのよ、もう少しなのに)

(本当だ、三人で頑張ったのに)二人が怒る。

「課長、自白しました」須賀は嬉しそうに課長に告げる。

「そうか、自供したか、やったな」と喜ぶ課長。

「泊君、自供を詳しく聞いて、自供の細部を作り上げてくれ」

「はい、判りました」二人で取調室に入る泊刑事と書記係。

「頑張っていたのに、急にどうしたの？」と言い方が優しく成る泊刑事、話を詳しく聞く為の手法だが、香里には優しい言葉が嬉しいのだった。

捜査に出ている小菅達に「もう、捜査は必要無い、自供した。後は明日から自供の裏付けだ」

「そんなーー」と小菅は驚きと溜め息が出て、一気に疲れが倍増した。

今夜帰って凛香にどの様に言えば良いのだろう？　と項垂れる小菅に「何故、話さないの？昨日聞いた話？」と大橋が元気の無い小菅に尋ねる。

帰り始めた時、携帯が再び鳴り響いて「誰だ？　初めての番号だ」と言いながら「どなたですか？」小菅判らずに尋ねる。

「私よ、伸子、判ったわよ、隣の森永さんの娘さんが絵の勉強をしていたのだって」

「えーー、ありがとうございます」携帯にお辞儀をする健太は急に明るく成った。

「繋がった、隣の（梓）の森永と云う女が、はめたのだ」と怒りを露わにして、署に戻って行く小菅に「良かったわね」大橋が労いの言葉を言った。

取調室では香里に泊が尋ねているが曖昧「何故、突き落としたのだ？」

「咄嗟だったので、覚えていません」

「そうか、彼とはいつからの付き合いだ？」

「判りません」

「何度ホテルに行った？」

「一度も行っていません」

「この写真は？」

「それなら一度です」

（おいおい、いい加減な事を喋るなよ、俺はお前さんのオッパイの形も色も知らないぞ）と怒る釜江。

（急に何故？　自供しちゃったのよ）と言う美千代。

（オッパイ見たいの？）頭の上から聞こえる声に見上げる二人。

（画老さん？）

（安芸津童子様だ）

（助けられないの？）

（大丈夫だ、助かるよ。オッパイも見られるよ、安心して）安芸津が話す。

（本当か？　風呂場に付いて行こう）

（馬鹿、助平！）

（でも高校生が良いな）

（どうして助かるの？）

（今、助け船が来るよ）

幽霊二人と神様が意味不明の会話の最中に取調室の扉が開いて、耳うちをする警官。

「取り調べは後程に成った」と話すと部屋を出た泊に「大変です、小菅が大変な情報を持ち帰りました」須賀刑事が言う。

小菅が捜査員を前に、自分の調べた事を発表して、一同が驚きの表情に変わった。

「後は森永と戸崎に因果関係が有るのかが問題だな」泊が言う。

「森永親子を引っ張れ、人騒がせな親子だ」捜査課長が怒りに震えて言い放った。

もう少しで誤認逮捕に成る寸前だったと胸を撫で下ろす。

泊は取調室で、平身低頭で香里に謝ってから（梓）の森永千登勢と何か過去にトラブルが合ったのですか？　と丁寧に尋ねた。

しばらく考えて「はい、スナックビルの駐輪場が狭くて、雨の日に何度か自分の場所が無いと、怒って口論に成った事が有ったと思います」

「えー、それだけ？」

「それから、何度か雨の日に私の自転車が、屋根の無い場所に置かれていました、多分彼女が意地悪で外に出していると思って、その後はナイロンを持参して、サドルに被せていました」

「たった、それだけの事で、殺人犯にしたてあげるのか？」

「それ以上の事は判りません」疲れた様子の香里に「私が自宅迄送ります、本当にすみませんでした」と再びお辞儀をして謝った泊刑事だ。

（良かった、良かった）美千代が言うと（オッパイはいつ見られるのだろう？　付いて行けば良いのか）と嬉しそうに二人について行く釜江だった。

第十七話　恐い口

（叔母さんも付いて来るの？）

（良いじゃない、貴方が珍しく中年の叔母さんについて行くから不思議でね）

（高校生も良いけれど、この女も興味有るのだよ、このおっさんも）

（刑事だろう？　誤認逮捕したから、親切に家まで送っているのよ）

（そうなのか？　何か違う様な気がする）

（何が？）

幽霊を乗せて、ボロアパートに向かう車と交代に、森永親子が警察に送られたのは一時間後だった。

「子供の部屋には同じ様な感じの絵が沢山有りました」と嬉しそうに言う小菅刑事。

「今回はお手柄だったな」と課長に褒められて舞い上がる小菅だ。

「お母さんは？」と香里の事を無意識で呼んでしまった小菅に「お前の母親は来てないが？」不思議な顔の課長。

「あっ、その戸崎さんです」

「何故？　戸崎さんがお母さんなのだ？」

「それが、その」

「おい、お前の手柄には何か裏が有るな」と須賀刑事が笑いながら言う。

この時点で小菅健太が戸崎香里の娘が好きだと署内で、知らない者は居なくなってしまった。

「まあ、良いじゃないか、人を好きに成った結果が、事件の解決に繋がるお手柄をしたのだから、褒めてやろう」と課長の一言で、拍手が巻き起こった。

取り調べで森永千登勢は、日頃から香里の事を毛嫌いしていたと証言した。

駐輪場の事で、一度言い争いで嫌いに成ったと答えた。

（夢）のママの突然の死で、閉店でもう会わないと気分が良く成っていた時に、美雪ママから、転落事故の話を聞いて自宅に帰って子供に話すと、話が大きく成って、あの女が店に出られないと開店にも困るから、邪魔をする気も有ったと話した。

娘の千晶は警察に聞かれた時、大袈裟に話してしまったので、話を作る事を母親と考えたと自供した。

明日三枝美雪と、白石ゆみも警察に呼ばれる事に成って今夜の取り調べは終わった。

二人は警察にお泊まり頂く事に成っていた。

自宅に送った泊刑事は香里が娘に連絡をして、迎えに行くと言うので、一緒に小菅の自宅迄行く事に成った。

この時まだ小菅の自宅に娘が居る事を泊は知らなかった。

同じ名前の家だと思っていた。

（この刑事、少し親切過ぎなのでは？）

（そう思う？）

（思う、思う）と二人の幽霊が車の中で話す。

（実は、気が有るのですよ）急に安芸津の声。

（わー、驚いた）

（安芸津童子さん？）

（急に話に割り込まないで下さい）

（いいえ、とても大事な事ですからね、釜江さんはこれから少し修行に行って貰いますので、二人の仲良し幽霊はこれで終わりです）安芸津童子が告げる。

（えー、何処に行くのだよ）

（自分がこれまで生きて来た足跡を見に行くのですよ、生まれ変わるに際して反省をして貰う為にね）

（いいよ、今更赤ん坊に戻るのか？）

（いえいえ、学生時代から、早送りで体験してきて下さい、では）と言うと安芸津童子と一緒に釜江勝弘は車の中から消えてしまった。

（あっ、忘れていました、彼は過去に行きましたから、呼んでも来ませんよ、今の時代まで体験が終わると戻って来ますから）安芸津童子が伝えて消えた。

自分には、その体験は無いのかな？　と思っていると、しばらくして車は小菅の自宅に到着して、自宅に入ると恭子が出迎えたので、驚く香里。

「主任さんの自宅ですか？」

「はい、お疲れでしたね、疑いが晴れて良かった」と話していると「お母さん、お帰り」と言うと抱き着いて涙で二人は抱き合う。

説明を聞いて事情が判った香里が「主任さん、親切にして頂きありがとうございました」

「刑事さんは？　車？」恭子が尋ねる。

「はい、待っていると、そこの空き地に」

「お茶でも飲んで貰おうかと、用意していましたのよ」

「そんな気を使って頂かなくても」香里が遠慮する。

「刑事さんには息子も世話に成っていますから」と恭子が言う。

すると祖父母の二人が顔を出して「良かったですね」微笑みながら会釈をした。

「お母さん、お爺ちゃんとお婆ちゃんに大変世話に成ったのよ」と紹介すると香里は深々とお礼のお辞儀をして「また、後日お礼に参ります」と言った。

「孫の健太が、お嬢さんに惚れている様で、今後ともよろしくお願いします」と反対に言われて香里が「凜香、本当なの？」と尋ねると、嬉しそうに頷く凜香。

上がってお茶でもと言うのを振り切って香里と凜香は小菅家を後にして、車に向かっていった。

車に乗る二人に「誤認逮捕で迷惑をかけたね、このとおりだ」と凜香にお辞儀をする泊刑事。

すると「この小菅の息子さんのお手柄だったのでしょう？」と言われて「えー、ここは小菅の実家だったのか?」と初めて気づく泊刑事。

泊は二人に「お腹減っているでしょう、食事に行きましょう」

「えー、もう遅いですから、私は帰ってラーメンでも食べますから」

「私も、もうお腹が減って背中につきそうです」と言う泊は誘おうと強引だ。

「奥さんがお待ちでしょう?」

「こんな不規則な仕事だから、昔に逃げられましたよ、今は母親と二人ですが、その母も去年から老人ホームです、痴呆が進んで私が行っても判らない時が多いのです」話をしながら車はファミレスに入って停まった。

テーブルに着いて注文が終わると香里はトイレに向かう、自分の顔はとんでもない状態だと初めて気に成ったのだ。

口紅を塗って髪を纏めて戻って来ると、凜香は小菅の話を面白可笑しく泊に語っていた。

テーブルに料理が運ばれて来て香里が「刑事さん子供さんは?」と尋ねると「刑事さんは止めて下さい、子供は居ません、一度出来たのですが流産で、それが離婚の引き金に成りました」寂しそうに話す。

「子供さん、欲しかったでしょう?」

「はい、それは欲しかったですね」しみじみと語る泊。

「けいじ……いえ泊さん、再婚はされないのですか？」と急に凜香が尋ねる。

「五十代半ばの男に来てくれる方は居ませんよ」微笑む泊だが凜香の次の一言はその場の空気を変えてしまった。

「お母さんも再婚すれば良いのに」話した凜香が自分で何を話してしまったのか？　と驚いていた。

　言葉が口から勝手に出たのだ。

「日頃から、四十五歳迄なら子供は産めると話していたじゃない？」

「凜香何を言い出すの？」と顔を真っ赤にしている香里。

「私、あの何……あれ？」と自分が勝手に喋り出しているのに驚きの表情に成る。

「私も結婚するから、お母さんも再婚すれば良いわ、ねえ泊さんお母さんを貰ってあげて下さい」と言い出す凜香に驚きの香里が「何と言う事を言うの？　凜香おかしいわ？　変よ」と香里が困り果てて言うと、食べるのも忘れて呆然と聞く泊。

「だって……勝手に……いやーーどうしよう」と今度は困り果てる凜香だった。

第十八話　将来の夢を語る幽霊

「こんな場所で言う事ではないわよ、凜香！」と凜香を窘める香里。

「私は健太さんと直ぐにでも結婚したいの、だからお母さんが心配なのよ」

「えーー、少し一緒に居ただけでしょう？　何故結婚なの？」と次々と話す凜香に呆れる香里。

「泊さん、お母さんの事好きでしょう？」

「えー、何、何を言うのよ」と驚く香里にたいして「はい、私は戸崎さんの事は好きです」と間髪を入れずに答える泊だ。

「ほら、好きだと……」凜香が驚きながら言う。

「えー、私も好きですわ」今度は香里が変な事を言い出す。

（えー、どうなっているの？）と遅れてやって来た美千代が驚いて見ている。

（美千代さんも、足跡を見に行って下さい）と画老童子の声。

（私も行くの？）

（はい、反省点を考える時間が必要ですから、いってらっしゃい）と言われるとファミレスから美千代も消えてしまった。

　ファミレスのテーブルの三人は、自分の心の中に有る気持ちが、次々と口から出て来て混乱をしていた。

だが、本心だったから否定は出来ない状態で「何か変な会話に成ったけれど、私は健太さんが好きよ」

「でも、結婚は早いでしょう?」と香里が言う。

「待っていたら、お母さんの子供に負けるじゃない」凜香が口走る。

「はあーー、今何を言ったの?」頬を真っ赤にして驚く香里。

「早く産まないと限界が来るでしょう?」

「チョット、何を話しているのよ」と言う香里の前で今度は泊が「子供が二十歳で僕は七十三歳か」と口走る。

「えー、私が泊さんと直ぐに結婚して子供を産むの?」と驚く香里に「いけませんか?」と真面目な顔で見る泊。

二人の神様に悪戯をされている事も知らずに、勝手に結婚させられようとしている親子だった。

(親子だから、近いね)

(対決も良く見える)

(この三人本当に好きなのか?)

（悪くは思ってないから、良いのでは？）

（一人は若すぎ、一人は歳行き過ぎだよ）

（でも、適当な人が居なかったのよ、これまでの生活で近くて、お互いが見られる範囲が）（娘の方が叔母さんか？）

（おっさんがこの叔母さんだね）

（反省して帰って来たら、直ぐに妊娠だな）

（そうだな、早く式を用意しなくては）

三人の思いもしない会話の中での食事が終わって、気まずい状況で車に乗り込む三人。

泊が自宅に到着すると同時に「先程の話は本気ですから、考えて下さい、香里さんの事大事にしますから、お願いします」と言って別れた。

車が走り去ると「お母さん、あの刑事さん本気よ、考えたら？」

「それより貴女は？　大学行かないの？」

「行くわ、結婚しても行けるわ」

「小菅さんの家は大金持ちよ、釣り合わないわ」

「ほんとうなの？」

「そうよ、あのお爺さんがマンションとか、駐車場を沢山持たれているのよ」

「へー、じゃあ運が向いてきたのね、私達に」急に嬉しそうに成る凜香。

（その通りだよ、真面目に正しい事をしているからね、あの悪餓鬼共の話は知っているから、安心じゃよ）と二人の会話を聞いている天使様だった。

翌日取り調べで美雪もその時の状況を話して、白井ゆみも千登勢に頼まれて一芝居したと自供した。

森永親子の取り調べが数日で全て終わって、泊刑事が香里に「訴えますか？」と尋ねて来た。泊はあの森永のお陰で私達は知り合う事が出来ましたと付け加えたので、香里は親子揃って森永のお陰で良い人に巡り会えたと思って、訴えをしなかった。

画老童子と安芸津童子の悪戯で、四人は親密な交際に進んで行くのだから、神様の力は時には信じられない出来事を作る。

毎日の様に電話をしてくる泊刑事、捜査の報告を元にして全く異なる話に進む。

昼間には遂にホームセンターに来るから、流石の香里も困り果てるが、休憩時間を調べて食事に誘うから、弁当の持参を止める香里も喜んでいたのかも知れない。

眞一と別れてから、足立と暫くの間付き合ったが、ラブホに一度行っただけで、その後は全く男性の影は無かった。

勿論泊は足立との付き合いも知っているので隠す必要も無いから精神的には香里は楽だった。

凛香もバイトの書店に働きだすと、健太が何度も店に来てこちらも休憩時間に合わせて、食事に誘う。

戸崎親子の夜の会話は、毎日の様に今日の泊刑事と小菅の話、来ない日は事件が発生か？と心配する二人の会話。

お互い彼氏が刑事だから、危険な事件が起こる事が一番困るのだ。

四十九日の日にちが過ぎる事は絶対に起こらない。

予定では一日違いで美千代と、勝弘は蘇るから、この二人がその時間に妊娠する事は決められた出来事なのだ。

翌日泊が予想もしていない事を香里に口走っていた。

「みんなはこれから家族だから、一緒に旅行に行きませんか？」

「えー旅行に？　それも四人で行くのですか？」と驚きの香里。

「家族に成るから、当然でしょう？」決めつけた様に言う泊。

「あの二人はまだ若いですよ、それに娘は大学に来月から行くのですよ」

「だから、卒業旅行と家族旅行を兼ねて行くのですよ」

「四人で泊まるの？」

「駄目ですよ、部屋は別で予約します」

考えてもいないのに、次々と言葉が飛び出してくるのに、困りながら話す泊刑事だ。

「泊さん大胆な事を平気で言われるから、恥ずかしいわ」と香里が話している頃、小菅も全く同じ事を凜香に話して「お母さんと四人で旅行？」

「部屋は別ですよ」

「えー、それって……」と顔を赤くして聞いているが、行きたい気持ちに成るので驚く凜香。

数日後三月の彼岸の連休に、切符が買えたと泊と健太が一緒に家にやって来る。

「二人で相談したの？」

「この小菅が、連休に休みたいと、言うので話をすると、自分と同じ事を考えていたので、一緒に切符を買いに行きました」と嬉しそうな泊の横から「凜香さん、北陸の山中温泉ですよ」カタログを見せる小菅。

（どうしたの？）

（この四人変な感じに成っているわ）

（三週間、自分の人生を見に行って来たら、大変な変わり様だ）と二人の幽霊は四人の交際に驚き顔。

（でも、馬鹿な人生だったな、今度は勉強をして学者を目指すよ）

（私は、デザインの勉強をするのよ）人生の縮図を三週間で見てきた二人の幽霊、香里達の幸せそうな姿を見て、安心して自分の子供達を見に向かった。

第十九話　呆れる家族?

「小菅と俺は親子に成るのか？」

「そうなりますね、一気に子供が二人か？」

「泊さん二人とは決まっていませんよ」

「どう言う意味だ」照れる泊の横で真っ赤な顔の香里。

　意外と冷静なのは凜香が「本当に弟か妹期待？」

「凜香、親をからかわないのよ」と言う香里。

「これ、良い旅館ですね」とパンフレットを見る凜香。

「電車で行くの？」

「車ですよ」

「小菅の軽四？」

「泊さんのボロ車？　では行きませんよ、お爺さんがお祝いに車を買ってくれたから、それで行きましょう」

「そんな車見なかったぞ」

「来週来ます、四人乗るにはワンボックスですから、広々ですよ」

「流石資産家だ」四人の話は香里のボロアパートに笑い声で響き渡る。

三ヶ月前には絶対に考えられなかった光景で、娘は資産家の孫と自分は刑事と再婚に成っている。

（夢）の仕事も結局は殆ど出勤せずに、新人二人に職場を譲った恰好に成った。

泊が自分の仕事を考えたら、妻が夜の仕事をしているのは、良くないと言ったからだ。

二人が付き合っている事を知った伸子も、仕方がないから萌さんと江美さんの二人が入って居るので大丈夫だと言われて、夜の仕事を辞めてしまった。

泊刑事は直ぐにでも一緒に住もうと思ってはいるが、中々言い出せないので今回の旅行をケジメにして、言い出そうと考えていた。

(貴方何故付いて来るの？)美千代がいつも付いてくる勝弘に言う。

(もうすぐ会えなく成るだろう、幽霊同士仲良くしなければ、一人に成ると恐いから)

(幽霊が何故恐いのよ、人間が恐がるのよ)

(叔母さんの息子の嫁はもう子供出来ないのか？)

(無理でしょう？　まさか息子の子供に成って産まれるの？　それって変だわよ)

(俺は、子供の子には成れないから、誰だろうな？)

(四十九日過ぎたらどうなるのだろう？)

(それを聞くのを忘れた、おーい安芸津さん)と呼びかけると(何？　君達に会えるのも後少しだな)安芸津の声。

(えー、もう会えないの？)

(生まれ変わったら、もう人間に戻るから会えないよ)

(四十九日過ぎたらどうなるの？)

(ああ、その時は消える、まあ人間世界で言う地獄行きだな)

(えー地獄に行くの？　嫌よ)

(痛くも痒くも何も無いよ、消えるだけ)

(生まれ変われるって言ったじゃないの？)

（その予定だったけれどなあ、まだ判らない、あと少しだから、幽霊を楽しみなさい）と言うと消えてしまう安芸津童子。

二人はその話を聞いたら、もう恐く成って（幽霊でも、死ぬのは恐いな）

（神様が嘘をついたのかな？）

（俺達が遊ばれたのか？）

（今の話だと、誰かのお腹に入らなければ死んでしまうのよね）

（叔母さん、俺達は死んでいるのだよ、足も身体もないし、お腹も減らない、眠らないだろう）

（でも世間は見られる、貴方と話せるわ）

（でも二人以外は、誰も話せない）

（そうよね、釜江さんが居なくなったら……恐い）

（叔母さんの方が先に消えるよね、地獄行き！）

（止めてよ、脅かさないでよ）

（幽霊を恐がらせても仕方無いな、後十日程でお別れか、酔っ払って階段から落ちて死んだって笑われていたけれど、儚い人生だった）

（過去を見ると恐かったわね）

（そうだよ、五十数年間、反省の連続）

（私は貴方よりも十年以上多いから反省も多い、一番は美男子に惚れた事が失敗だった、昔から色男金と力は無かりけりだった）

（十日間何処で過ごす？）

（そうだわね、子供を見て過ごそうかな、孫の京佳も可愛くなってきたからね）

（そうかな？　小便臭い子供だった）

（別れた主人は美男子だから、血統だけでも、受け継いで居るわよ）

（まあ、あと少しだから、現世を楽しんで、最後の挨拶は頼むよ）

（判ったわ）美千代は自分の自宅に飛んで行く。


純江が廃品回収に美千代の衣類を纏めて袋に詰めて出そうとしていた。

（あれ、私の大事にしていた服、何するの？）

「お母さん、それお婆さんの服でしょう？　新しいのに捨てるの？」

「当たり前でしょう、こんなの誰が着るのよ」

「でも高い服だと自慢していたわよ」

「貴女が着るの？」

「嫌よ、気持ち悪い、そんな年寄りの服着られないわ」

「私も、無理だわ、趣味も合わない」と言いながら、荷造りを終わった。

（わー、ショックだわ、惨い、あれ高いのよ）嘆く美千代。

「これ何？」京佳が小さな布切れを持って言うと「それ水着よ」

「わー、気味悪い」と放り投げる。

（何が気味悪いのよ）と頭を叩くが一人だと叩けない。

「これも、これも？」と次々と水着を引っ張り出す京佳。

「わあー、八枚も有る」

「お婆さん、水泳好きだったでしょう」

「温泉でも行く方が似合っているわよ」京佳は呆れた様子でその場を去って行った。

（可愛い孫だと思っていたけれど、憎たらしいわね）

「結構有るわね、貴方手伝って」と猛を呼ぶと猛がやって来て「沢山のごみだな」と言ったので
美千代は完璧に切れてしまう。

（子供も信頼出来ないわ、信樹の処に行くわ）と次男の処に飛ぶと、ここでも「こんな着物貰っても着る機会無いわよ」と信樹の妻が言う。

「でも店で着ていたから高級品だろう？」

「私がこんな、飲み屋の婆さんの着物着られる？」と怒り出して「でも沢山の着物だな、売れな

いのか？」

「趣味悪いわ、それにこれ相当古いのも有るわ、良いのはお姉さんが貰って悪いのを私の方に廻したのよ」

「そんな事をするのか？」

「店も従業員の伸子とかに、譲ったらしいわ、お金も貯め込んでいたのじゃあ？」

「それはないよ、親父と離婚して苦労したと思うよ」

（ここも大変な状態だわ、私の大切な着物殆ど、ここに在るのに恐いわ、身内でこれだから他人の伸子はどうなのよ）と口走ると伸子の処に飛ぶ美千代。

（店に飛んだわ）伸子と知らない女が店の中に居る。

そこに、カラオケの機材の人がやって来て「すみませんね、来て頂いて」

「義理の妹の片山です」と伸子が紹介をしている。

「昼間、年寄りの為にカラオケ喫茶を義理の妹がするのよ、カラオケの機材を最新の物に変えたいのよ」

「はい、ありがとうございます」

（伸子、中々ね、昼間も儲けるのね）自分が死んで一ヶ月程で自分の周りが大きく変わっていると感じる美千代。

もう伸子の頭には自分の事は殆ど残っていないのでは？　と思うと人生の儚さを感じる。

同じ様に勝弘も自宅に行って両親を見て「馬鹿な子供の事は忘れよう、私達ももうすぐ死ぬから子供は居なかった」

「そうですね、そう思いましょう」老夫婦が話している。

娘の処に行く。勝弘は「もうすぐ、お爺さんもお婆さんも死ぬから、離婚していても二人には権利が有るのよ、財産貰えるわよ」

「お父さん死んでいても？」

「勿論よ、お爺さんの財産は二人が貰えるのよ」

「そうなの、嬉しい」

「早く死なないかな」

（えー、この馬鹿娘達は）と頭を叩こうとするが叩けない勝弘。

自分の周りが大きく変わっている事を感じて、完璧に疲れた気分に成っている。

幽霊二人は行く場所が無くなって、呆然として後九日に突入していった。

第二十話　段取り通り

数日後「上月君すまないね、二日間休ませて貰うよ」泊刑事が同僚に話している。

「小菅君と一緒に旅行に行かれるなんて、それも将来は親子って聞いた時は驚きで声が出ませんでした」

「私も驚きだよ、この歳で再婚して子持ちに成るとは考えも出来なかったよ」

そこに小菅がやって来て「車入れ替えてくれました」軽四を持って帰ってワンボックスの車が来た事を伝える。

「新車か、見に行こう」三人が駐車場に向かうと、真新しいシルバーの大きなワンボックスの車が置いてある。

「大きいな」

「乗られますか？」扉を開くと「おお、新車の匂いだ」上月が息を吸い込んで言う。

「高いだろうな」

「お爺さんは嬉しそうに、義理の父親にも何かプレゼントをしなければと、話していましたよ」

「えー、私にも頂けるのか？」

「はい、義理父ですから」と微笑む。

「この車に四人なら、ドライブも楽だな」

「はい、自宅に八時に迎えに行きます」

「そうか、すまないな」

「凜香さんの自宅に行ってから向かいますよ、高速の入り口近いですから」

「私はこの旅行が終わったら香里さんに自宅に来て貰おうと考えているのだ」

「凜香さんも一緒ですね」

「そこで、提案だが新婚の家に若い娘が来るのは刺激が強いと思わないか？」

「はあ、それで僕にどの様に？」

「あのボロアパートに一人では無理だろう？　小菅君が、娘さんと結婚してくれたら八方丸く収まるとは思わないか？」

「えー、まだ高校生ですよ」驚くが嬉しい小菅。

「それじゃあ、お爺さんの家に住むのは？　無理か？」

「結局泊さんは、二人きりで新婚家庭を楽しみたい、そうですね」

「その通りだ、老い先短い私の願いを聞いてくれ」

「何が老い先短いのですか？　邪魔されたくないだけでしょう？」

「まあ、そうだな」

四人共神様の悪戯で結婚は決まりに成っているから、決められた時間の中で筋書き通りに進んでいる。

日曜日に成って香里のアパートでも朝から戦争状態。化粧をして昨夜から決めていた服を異なる物に変えて鏡の前は二人が交代で、色が合っていないとか、ネックレスが派手だとか騒がしい。結局食事も食べる時間が無くなってしまう。

「お母さんが迷うから、時間が無くなったわ」

「私じゃ無い、凜香が髪で長い時間使うからよ」

「私お母さんの様な癖が悪い髪では無いから」と口論をしているとアパートの外で、クラクションの音が聞こえる。

「ほら、健ちゃん来たじゃない」といつの間にか呼び方も変わっている。

窓から覗くと「わー、凄い車よ」と喜ぶ凜香が「先に、行くわ」と部屋を出て行ってしまう。

遅れて追い掛ける香里、手荷物を二つ持って車の前に行くと、自動で扉が開く。

「わー、凄い」と驚く香里に「お母さんは後ろで、二人で座って下さい」運転席から小菅が言う。

助手席には既に凜香が座って、サンドイッチの包みを開いて「お母さんも食べる？　健太さんが買ってくれたのよ、朝食べる時間が無かったでしょうと言ってね」

「気がきくわね、朝食べてないとよく判ったわね」

「母も同じですから」と笑うと車を発進させた。

「新車は良いわ、この匂い最高」と言うと息を吸い込む凜香。

「高級車よね」サンドイッチとコーヒーを凜香から手渡されて、車内を見廻す香里。

「お爺さんが、お母さんにも結婚祝いに一台プレゼントすると、話していましたよ」と健太が言うと「嘘！」大きな声で驚く香里。

「それから、凜香さんは祖父の家に引っ越しますから、お二人で仲良く新婚家庭をお楽しみ下さい」

「凜香、何よ！　聞いて無いわよ」

「昨日の夜、メールで話をして決めたの、新婚家庭に小姑は邪魔でしょう？」と笑う凜香に「僕も泊さんに頼まれまして、祖父母に相談したら、大歓迎だと言われたので、凜香さんに連絡しました」と微笑む小菅。

（段取り通り進みますね）

（私はこの道のプロですよ、狂いは有りません）

（二人共時間通りに？）と画老童子が尋ねる。

（まだまだ産めます、卵は多少老朽化していますが、この親子しか二人を同時に同じ場所で観察出来ないでしょう?)

(安芸津君の能力が凄い事は知っているけれど、親子同時に妊娠は中々意外で、この家族パニックに成るよね)

(まあ、嬉しいパニックだから、宜しいでしょう?)と車の屋根に座って議論の真最中だ。


しばらくして泊の自宅に到着すると、若々しい姿で既に家の前に立って居る。

「あっ、洋さん、大きな家ね」と馴れ馴れしく叫ぶと、洋の後ろの自宅に目が行く香里。

「こんな、家に一人で住んでいるの?　掃除も大変ね」と何だか嬉しそうだ。

「おはよう!」と声を弾ませて乗り込んで来る泊に「洋さんの家初めて見たけれど、大きいわね」と尋ねる香里。

「えー、見えるかな?」と車の外を見る泊が「屋根だけ見える」と指を指す。

「この家では?」と目の前の大きな家を指さすと「違うよ、その大きな家の裏だよ」と言われて肩を落とす香里。

しかし、直ぐに元気に成って、二人の世界で話を始める。

ワンボックスの一番前と一番後部座席で全く異なる世界が作られていた。

(仲良く、楽しんでいるでしょう?)
(安芸津君の能力には感心するよ)
(でしょう、盛り上げないと中々この動物は交尾まで進まないのよ)
(感情が有って、難しい動物だからね)
(あのお婆さんが今夜で、酔っ払いが明日で期限切れだね)
(あの二人、脅かしたから今頃怯えているよね)
(でも近くで見られて、話が出来て驚くよ)
(今度は飛べないから、この親子が会う時に話せるだけに成るよね)
(言葉を覚えるまではね)と高速の風を感じて、室内に入って話し合う神様達。

一方二人の幽霊は無意味な日にちを過ごしていた。
行く場所がお互いに無くなって、公園にお互いが揃って空を見上げている。
(いよいよ、明日だ)
(私は今夜よ)
(もう、未練は無いよ、行く場所もないから、地獄でも良いよ)
(私もよ、子供も駄目、孫も駄目、今夜消えるよ)

（元気でな〜〜）

（何よ、嫌みなの？）

（あっ、そうだな、元気な訳ないな、既に死んでいるのだから）

（最後に何処かに行く？）

（もう、動きたくない）

（私も、見たく無いわ、何を見ても腹が立つわ）と結局公園から動かない二人。

ベンチにカップルが座って、ラブラブの状況。

（こんな場所で）と頭を叩くと同じ様に叩く美千代。

「痛い！」

「どうしたの？」

「お前が叩いたのか？」

「何、言っているの？」

今度は女性の頭を叩く二人。

しばらくして、二人は気味悪いと言って逃げて行った。

暇な二人は、その後も近くに来る人で遊んでいる。

昼休みは小春日和でお弁当を食べる人達に、意地悪をして遊ぶ、それだけが今夜までの楽しみに成っていた二人の幽霊だった。

第二十一話　客室露天風呂

公園の二人は（幽霊で遊んだけれど、叔母さん、星が見えてきたよ）

（そうね、もう誰も来ないわね、後何時間？）

（後五時間程で終わりだな）

（初めは幽霊も楽しかったけれど、虚しいわ、人の気持ちが判るとね）

（俺は、嫌われていたから、予想はしていたけれど、それでもショックは多かった、叔母さんは相当だっただろうな？）二人は日が暮れても同じ場所に居て動かない。

（画老童子！）と急に呼ぶ美千代。

（何？）一瞬で来る画老童子。

（少しの間だったけれど世話に成ったから、お礼を言わなければと来て貰ったのよ）

（そうか、生まれ変わったら頑張って違う生き方をして下さいよ、五日間が懸かっているからね）

（えー、まだ生まれ変わるの？　それに五日間って何？）

（あー、それは知らなくても良いよ、まあ兎に角頑張って、さよなら）

（さよなら）と言うと消えてしまった。

（俺は呼ぶ気にも成れないよ）と言う勝弘だ。


この二人とは対照的に、四人は楽しい旅を味わっていた。

東尋坊は日本海に突き出した柱状の断崖が1㎞余も続く奇観で、輝石安山岩の柱状節理という地質学上にも珍しい奇岩。

国の名勝・天然記念物に指定されており、断崖上に荒磯遊歩道（約4㎞）が続いている。

昼過ぎに東尋坊に到着して、昼食を食べると泊と香里はビールを飲んで上機嫌に成っている。

「酔うと危ないですよ、岩場に行くのは？」と小菅が言うと「私達は行かないから、二人で楽しんで来て」と言う。

適当に散策をして「海から見るのが一番ですよ、遊覧船に乗りますよ」と誘いに行くと、今度は二人共一緒に行こうと乗り込んで来た。

夕方まで楽しんだ四人は、山中温泉に五時に到着した。

仲居が四人を部屋に案内をして「食事は、竹林の間の用意致します」そう言うと泊と香里を竹林の間に案内をして、紅葉の間に小菅と凜香を別の仲居が案内をした。

「同じ造りの部屋が、階が異なりますのですみません」一階と二階に別れて二組は泊まる事に成った。

香里は部屋に入ってから不思議な気分に成っていた。

何故？　子供と同じ日に彼氏と泊まる事に成ったのだろう？　その偶然と世の中にこの様な親子は多分居ないのでは？　と思い出していた。

二人の神様に操られている矛盾も多少を感じていた香里だが、気持ちはもう抑えられない状況に成っている。

仲居が食事の時間を決めて部屋を出ると「凄い部屋ですね」

「ほんとうだ、小菅奮発したのだな」

「えー、小菅さんが出したのですか？」

「母親が出してくれた様だ」

「何故？」

「それは、香里さんが犯人に間違われて気苦労が多かったのと、娘さんを自分の子供の嫁に貰うからですよ」

「でも、悪いわ、この部屋を二つでしょう？」と言う間に泊が香里の口を塞いでいた。

久々のキスに燃える香里、付き合いはしていたが二人は今日まで何もしていなかった。

香里には去年足立と行ったラブホ以来のキスだった。

久々のキスは、香里の気持ちを大きく変えて、先程まで考えていた親子が同じ日には消えて、既に泊との生活を考えている。

今夜のSEXから、自分は泊の奥様に成るのだの意識が高まっていた。

「この部屋、露天風呂が付いていますね」キスの後香里が言うから、誘っている様に聞こえて「入りますか?」と泊もその気に成ってしまう。


凜香と健太も素晴らしい部屋に感動して「まだ食事まで時間有るから、入ろうか?」と凜香を誘うと「私、男の人初めてなので、緊張するわ」と身体を硬直させている。

「大丈夫だよ、僕達結婚するのだから、安心して」と優しく話す健太。

キスをしても身体が震える凜香、その初々しさに健太は興奮しているのが自分で判った。

親子揃って、露天風呂で男性と身体を合わせていた。

「綺麗な身体ですね」

「恥ずかしいですわ」泊に言われて恥ずかしい香里も、久々の男性を感じていた。

一方の凜香も健太の腕の中で、湯船に浸かってようやく落ち着いていた。

初めて見る男性の肉体に、興味と不安が有ったのだが、健太の優しさに徐々に安堵の表情に変わっていた。

公園では（すっかり、暗く成ったわね、後何時間？）

（そんなに、時間は進んでない）

（あの四人ってどうなったの？）

（誰？）

（刑事二人と香里親子）

（知らない、興味も無いわ）

（そうだな、俺達には関係無いね）

（時間通りに消えるのかな？）

（多分そうじゃないの？）

（お別れだな）と言った時（何か変よ、消えるわ）と美千代が口走る。

（まだ、時間有るのに）と勝弘が言うが（だめよ）と言う言葉と一緒に反応が無くなった美千代。

（おーい！　何処に行った？）と一人に成った勝弘は呼びかけるが反応が無い。

（まだ、七時に成ってないな、安芸津！）と呼ぶがこちらも反応が無い。

（俺一人か？）急に寂しくなる勝弘。

（俺も早く、地獄でも良いから連れて行ってくれーーー）と叫ぶが何も反応が無い。

七時過ぎ、竹林の間に健太と凜香が手を繋いでやって来た。

「健太さん、お腹空いたわ」

「僕もだよ！　大丈夫？」

「ええ、少し痛かったけれど、嬉しかったわ」と言いながら「こんばんは」部屋に入ると「風呂入ったのか？」と泊が照れくさそうに二人に言った。

「はい、良いお湯でした」嬉しそうに言う健太に、目で合図をする泊。

お互いの目が笑っていたので、二人はお互いが安心したのだ。

香里がしばらくして浴衣の襟を直しながら、奥の部屋から出て来て「お腹空いたわね」と言うが、凜香と目を合わせない、お互い恥ずかしい心境だったのだ。

直ぐに仲居が料理を運んで来て、四人の宴会が始まった。三時間飲み食いが行われて、四人の話は大いに盛り上がる。誤認逮捕の話に成って香里が「思い出しても嫌よ」と怒る。その誤認逮捕で四人が結ばれたと凜香が嬉しそうに話すと、複雑な香里だった。

第二十二話　蘇り

真夜中に成って（ここが地獄なのね、真っ暗ね）と美千代が目覚めた。

（暖かいのかな？　地獄の感覚より天国の様に思うのだけれど、誰も居ないし、移動も出来ないから、動かずにここに居るだけか、それが地獄だよ）美千代はまだこの時、凛香の体内に居るとは思っていない。

一方失意の底で呆然としていた勝弘も異常を感じて（何、何だ！、消えるのか？）と言葉を残して公園から消えてしまった。

時間は真夜中の三時を過ぎていた。

食事をして、一眠りした泊が目覚めて、香里の身体を求めたのが真夜中「今頃、何をするの？」と言いながら一度蘇った身体は拒絶をしなかったので、再び結ばれた二人。

安芸津の計画通りの時間に、勝弘は香里の体内に宿る事に成っていた。

朝方に成って（これが地獄か、悪く無い感触だな）勝弘はようやく目覚めた。

（地獄は生暖かいのか？　叔母さんも地獄か、移動も何も出来ない様だな、いつまで続くのかな？）と感じながら眠ってしまう勝弘だった。

（何、えー地震なの？　地獄に地震が？）といつの間にか眠っていた美千代が飛び起きた。

「凜香、好きだよ」

「健太、私も好きよ」

（何よ、これ？　えー、止めてよ、悪酔いするわ、凜香？　凜香？　あれ？　聞いた事有るわ、でも駄目揺れすぎる、ふー）朝から愛し合う凜香と健太の行為に美千代は船酔いの様に成って、ふらふら状態でダウン。


一方の勝弘は（何だ？　釜ゆで地獄か？　熱いな）と驚いて目を覚ましていた。

香里と泊が朝風呂に入っていたのだ。

「朝の風呂は気持ち良いわね」

「香里さん、明るい処で見ると肌が綺麗ですね」

「まあ、お世辞がお上手ね」

（何？　香里？　俺が罪に陥れたから、釜ゆで地獄に落としたのか？　助けてくれ）慌てる勝弘。

しばらくして（意外と熱くないな？　良い感じの温かさだ、おーいこれ位で許してくれよ、あの女も逮捕されなかったからな）顔を上向けて叫ぶ勝弘、自分が香里の体内に居る事は全く考えてもいないのだ。

美千代はようやく気絶から目覚めて（お腹が空くわね？　どうして？　地獄の筈だったよね）と考えていると「健太さん、お腹空いたわね」女性の声が聞こえる。

「朝食もう少し早く、予約して置いた方が良かったね」

「行こうか」男性の声がして、しばらくすると（何よ、熱い地獄の釜だ！　助けてーー、私水泳は得意だけれど、熱いのは弱いのよ）と叫ぶ美千代。

しばらくして、温度に慣れて（良いわ、ありがとう、これなら我慢出来る、気持ち良いわ、また眠く成るわ）と居眠りの美千代だ。


（おい、な何だ、助けてくれ、死にたくないーー、違うか、俺は死んでいたのか？　これは何事だ、圧死するーーーー）泊と香里が再び愛し始めた振動が伝わる勝弘。

（何、止めろ！　目眩がする、遊園地は不得意だ、ジェットコースターは乗らなかっただろう？地獄では現世で嫌いな物を与えるのか？　止めて吐きそうだ）と言いながら意識を失う勝弘。


しばらくして美千代が目覚めて（何も見えないな、明かりが多少は判るかな？　でもお腹が空いたよーー）訴える美千代。

「健太さん、朝食はまだなの？」

「もうそろそろだ、行こうか？」

「早く行くとお邪魔かも？」

「そうだね、二人共長いご無沙汰だったからね」

「じゃあ、私はもっとよ！」顔を赤くする凜香。

「そうだったね」

（何の話が聞こえているの？　地獄で再び過去の行いを見せるの？　もう要らないわよ、それよりお腹が空いているのよ、地獄ってこんなにお腹空くの？　おーい鬼さん！）と叫ぶ。

「早く行こう、本当にお腹空いて背中とくっつきそうよ」凜香が美千代に催促されて言う。

「大袈裟だな」笑いながら部屋を出る二人。


「もう時間だわ、来るわよ」仮眠をしている泊を起こす香里、自分も慌てて下着を着けて鏡の方に行くと髪を梳かして、久々のＳＥＸの名残を感じていた。

内線の電話で仲居が料理を運んで来ると連絡をしてきた。

終わると同時に健太と凜香が「おはようございます」清々しい顔で言った。

「よく眠れましたか？」

「う、うん」と曖昧な返事の泊だが、向こうの部屋から香里が「眠れたわよ、貴方達は？」と言いながら入って来た。

しばらくして机いっぱいに並んだ料理に「朝からこれだけ食べるの？」と驚く香里に凜香が「美味しそう、食べましょう」と既に箸を持って待っていた。

「お行儀の悪い子ね、お嫁に行けないわよ」と香里が言うと「もう行ったから、安心よ」と言って笑う。

四人の賑やかな食事が始まって、美千代が（美味しいわね、何の味？　刺身、そうマグロの刺身よ、湯豆腐？　これ私好きよ）と考えていると「湯豆腐が美味しいわ」と凜香が口走る。

「嘘、凜香！　豆腐嫌いだったでしょう？」驚く香里。

「そう？　好きよ」そう言いながら食べる凜香の姿に呆れる香里だった。

ようやく目覚める勝弘は（まだ気分悪いよ）と思っていた。

「何だか、急に気分が悪くなって来たわ」と箸を置く香里。

「どうしたの？　大丈夫？」と労りの言葉をかける泊。

「ありがとう、大丈夫よ！　貴方は食べて下さい」

「お母さん達、本当の夫婦みたいね」凜香が言うと「本当も嘘も無いですよ、もう夫婦ですから」

泊が嬉しそうに言って、香里はその姿を頼もしく思っていた。

「今から、兼六園に行く予定ですが？　大丈夫ですか？」

「はい、大丈夫よ！　行きましょう」

食事を終わると、二人が部屋に帰る。

（待って、これって地獄ではないわね、この二人の声がいつも聞こえるわ、特にこの女の人の声は聞こえると言うよりも、自分が喋っている感じだな？　もしかしてこの薄暗い世界は？お腹の中？）美千代はようやく自分が、生まれ変わって凜香のお腹の中に宿った子供なのでは？　と考え始めていた。

でも何も見えない暗闇で、うっすらと明かりの方向は判るが、それ以外は全く何も無い世界に、まだ自信は持てない美千代なのだ。

第二十三話　好みの変化

勝弘は全くまだ何も判らない状態で（おい、まただよ、熱湯地獄だ、助けて！）と叫んでいた。

香里が食事もそこそこに、再び露天風呂が気に入ってもう一度入ったからだ。

十一時にチェックアウトで、兼六園に向かう予定、一時間程で到着するので二時間程の見学、食事を終わって三時に出発すれば、夜には自宅に帰れる予定。

まだ時間は十時に成ってないから、充分時間は余裕が有った。

「香里さんは温泉好きですね」

「はい、大好きですわ、それに露天風呂が各部屋に有るから、楽よ！　直ぐに入れるから」その話はもう勝弘は聞いては居ない。

再び居眠り状態に入って、始めは熱いのだが、気持ちが良くなると直ぐに眠たく成って眠ってしまうのだ。


この様に、二人は凜香と香里の体内に殆ど同じ時に蘇って命を復活させていた。

（画老君、二人共蘇ったでしょう？）

（ほんとうだ、中々高等技術だね、時間も正確だ）

（まだ酒飲みの方は判らない様だね）

（勘が悪いのだね、脳に酒が残っていたのかな？）

（まだまだ数日経過しないと、お母さんは子供に気が付かないよね）

（豆腐が好きに成った程度では判らないよね）

（これから、楽しみだね）二人の神様の戦いが始まっていた。


四人は十一時過ぎに旅館を出て、兼六園に向かう。

北陸新幹線の開通で、沢山の観光客で駐車場を探すのも大変な状況、今日は小春日和と云うより初夏の様な暑さで「これは、ビールでも飲まないとダメだな」と泊が言うと「僕は運転、彼女は未成年ですから、二人は飲んで下さい」小菅が駐車場で車を駐車してから言った。

金沢の兼六園は江戸時代、加賀藩の庭園として造られたことに端を発する。

延宝4年に5代藩主前田綱紀が「蓮池亭（れんちてい）」を造り、その庭を「蓮池庭（れんちてい）」と呼んだのが始まりとされている。

これは、蓮池門（れんちもん）を入った辺りであり、現在7つある門の中で正門とされている。

当時は、金沢城の外郭として城に属していた。

13代藩主前田斉泰が現在のものにほぼ近い形にしたとされる。

「兼六園」の名称が定められたのもこの頃である。

とくに、小立野台地の先端部に位置していることから、園内に自然の高低差がある。

これによって、園路を登りつめていく際の幽邃な雰囲気と、高台にある霞ヶ池周辺の宏大さ、眼下の城下町の眺望を両立させている。

春夏秋冬それぞれに趣が深く、季節ごとに様々な表情を見せるが、特に雪に備えて行われる雪吊は冬の風物詩として情緒を添える。

霞ヶ池を渡る石橋を琴に見立てて徽軫（ことじ）をなぞらえた徽軫灯籠（ことじとうろう）は、兼六園を代表する景観となっている。

園内の噴水は、日本に現存する最も古い噴水であるといわれる。

これより高い位置にある園内の水源、霞ヶ池から石管で水を引き、水位の高低差だけを利用して、水を噴き上げさせている。

そのため、水が噴き上がる最高点は、ほぼ霞が池の水面の高さに相当する。

ポンプなどの動力は一切用いておらず、位置エネルギーのみを利用したものである。

長らく殿様の私庭として非公開であったが、1871年から日時を限っての公開が始まり、1874年5月7日から正式に一般公開された。

こうして明治以降に構造物が付加されたことが、1922年名勝に指定されたものの、特別名勝に指定されない一因となっていたが、その後上記施設の移転などの整理と整備により、1985年特別名勝に指定された。

四人は多勢の観光客に揉まれながら、見物をして「人に酔っちゃったわ、食事行きましょうか？」

「そうだな、一杯飲みたいよ」と泊が言って、兼六園を出て近くの料理屋を探して入って行く。

昼の時間を過ぎているので、料理屋は比較的空いているので「俺は生ビール、香里も生か？」

「はい」

「僕と、凜香はウーロン茶でお願いします」

「天ざるそばにするか、時間遅いから」

「そうですね、ご飯物は要らないですね」と小菅が言うと、凜香も頷く。

しばらくして生ビールが先に届いて「乾杯」「乾杯、ごめんなさいね、小菅さん」香里が遠慮しながら飲み出した。

「美味しいわ」

「暑いから最高だな」と一杯の生を半分程一気に飲み干す、香里も一緒に成って飲むと（何、何、何だ〜〜、頭が変に成って来た）と今まで眠っていた勝弘が急に目覚めて騒ぎ出した。

（変だ、これは？　何だ、幻覚が見える、これが地獄か？　ああー駄目だ、目が廻る、助けて。…）と言うと気絶をしてしまった。

美千代も（暑いわ、冷や奴食べたい）と叫ぶと「すみません、冷や奴有りますか？」急に凜香が口走った。

「どうしたの？　凜香、豆腐嫌いだったでしょう？」と香里が飲みかけのビールをテーブルに置いて聞き直すと「急に食べたく成ったのよ」
「変ね、昨日から好みが変わったの？」
女に成ったから？　私は、好みは変わってないわね、そうか？　男が変わっただけだから？
と意味不明の事を考えているが、何故か酔いが廻るのが早く感じて、天ざるそばが来た時には
そばが箸で掴めない程、目が廻っていた。
「お母さん、変よ？　どうしたの？」
「いや、それが酔ったみたいで、変なのよ」
「大丈夫ですか？　昨夜は沢山飲んでも平気だったのに？」と泊が気を使って香里の身体を支
える様にしている。
冷や奴が届くと今度は凛香が、そばを食べるのを止めて「来ましたよ、来ましたよ」と言うと
直ぐに食べてしまって「少ないわね、お代わり貰えますか？」と大きな声で注文をしたので、全
員の目が点に成って呆れていた。
この二人の豹変の犯人がお腹の二人だとは、この時の二人に判る筈も無かった。

第二十四話　新しい生活

翌日の夜、二人はお互いが同時に「このアパートを出ようと思うのだけれど」と言って大笑いに成っていた。

凛香はバイト先にも駅にも近い小萱の祖父母の家が理想だと言って、勿論母香里の再婚の邪魔をしたくない気持ちと、健太に毎日会いたいのが大きな理由だ。

「直ぐにでも引っ越して来てと、言われたけれど、片付けも有るからね」

「そうよね、小さな家でも思い出も、荷物も多いわ」

「凛香のお父さんと別れてから、このアパートに転がり込んで、二度と結婚なんかしないと決めていたのにね」

「お母さんは二度目、私は初めて結婚するかもだからね」

「どうなのよ、健太君は?」

「何が?　優しいわよ、結婚したいわ」

「高校生でしょう?」

「もう卒業式終わったから、高校生では有りませんよー」

「でも大学生でも無いわよ」

「とにかく、お母さんは早く泊刑事さんと住みたいのでしょう?」

「まあ、そうかな」そう言うと、時間を見て二人は荷物の整理をする事で一致した。

（豆腐が食べたい、冷や奴、今日は暑いわ、レモンスカッシュ）

今まで眠っていたのに起きると直ぐに何かが欲しく成る美千代。

「お母さん、レモンスカッシュって、有った？」と尋ねる凛香。

「凛香酸っぱい物嫌いだったでしょう？　レモンとかも買わないわよ、どうしたの？　旅行の時から変よ」

「そう？　変かな？　今日も暑いね、桜が咲くね、コンビニ行って来る」出掛ける凛香。

（あぁー、よく寝たな、地獄は寝心地が良いな、腹が減ったな、キムチで飯でも食べたい心境だ）

勝弘が言い出すと、香里は携帯で凛香に「凛香、コンビニでキムチ買って来て」と電話をすると
「えー、お母さんキムチ臭いから食べないでしょう？　どうしたの？」

「どうもしないわ、キムチが食べたいのよ、買って来て！」そう言うと電話が切れた。

この時でもまだ勝弘は蘇ったとは思っていない。

暗闇に薄明かりが見える程度で何も判らないからだった。

唯、女の人の声は聞こえるのだが、直ぐに眠ってしまうので、まだ誰の声とかの判断は出来なかった。

凜香はレモンスカッシュの缶ジュースを、コンビニを出ると直ぐに飲み出す、袋にはレモンと冷や奴、そしてキムチが入っている。

（良い感じだわ、満足したわ、眠たいな）再び眠りに入る美千代。

洋服の片付けをしながら、礼服は入学式に必要だわとカレンダーを見上げる香里。

後二週間だわ、丁度生理と重なるの？　嫌な感じだわ、お出かけの時は嫌よね、無くなったら楽よね～と考えていると「買って来たわよ、急にどうしたのよ」そう言いながらテーブルにコンビニの袋を置くと、直ぐに確かめに来る香里。

「何よ、豆腐が二つも？　これレモン？　嫌いな物がいっぱい！」驚く香里。

「そう、欲しく成ったのよ、お昼はそれを食べるわ」時計を見る凜香。

「そうね、少し早いけれど食べましょうか？」香里も早くキムチをご飯の上に載せて食べたいのだ。

しばらくすると、冷や奴にレモンを搾って食べ始める凜香と、白いご飯にいっぱいのキムチを載せる香里。

「何よ、それー」と同時に叫ぶ。

「嫌いでしょう？」と同じく同時に叫ぶと「最近好きに成ったのよ」と同じ様に言う。

「何故？？？？？」と言いながらも食べ始める二人だった。

(この匂い最高、キムチだろう、イカの塩辛、明太子、が良いな)とキムチの匂いに起きてきた勝弘、香里が食べると自分が食べている様な感覚に成るのが、最高の気分に成っていたのだ。

一方の美千代も(レモンの匂いは最高よ、美容にも良いのよ、どんどん食べてね、私綺麗に育つわ？　今度はタレントにでも成れるかも、豆腐にレモンだわ、豆腐も身体に良いのよね)

「凛香、幾つ食べているの？　貴女豆腐一丁食べてしまったわよ」

「お母さんも変よ、キムチの瓶空っぽだよ」

「えー、もう無いの？　昼から買い物に行って来るわ、コンビニ高いから、何か欲しい物有る？」

「レモン、豆腐」

「凛香馬鹿じゃないの？　今食べて夜も同じ物食べるの？」

「麻婆豆腐」と叫ぶ凛香。

しばらくしてテーブルにメモ紙を置いて、買い物に行く用意をし始める香里。

「これ何？」とメモを見る香里に「買って来る物よ」

「お母さんの嫌いな物が沢山書いて有るわね、辛子明太子、イカの塩辛、キムチ？　これ買って来るの？」

「変？」

「見るのも嫌だと言っていた物よ、全部」

「そう？　気に成らないわ、凜香欲しい物有るの？」

「レモン、冷や奴」

「えー、まだ食べるの？　身体変に成ったの？　旅行で何か有ったの？」

「何も無いわよ、変なお母さん～」と言うと奥の部屋に行ってしまう凜香。

香里も自分が何故？　辛子明太子とかイカの塩辛を欲しいのか？　判らなかったが、何故か食べたいのだ。


三月末で、凜香は小菅庄一の自宅に、香里は泊刑事の自宅にそれぞれ引っ越していった。

寂しさも有ったが、香里は泊との新婚生活を娘に邪魔をされたくなかった。

凜香はいつでも健太に会える場所、駅にもバイト先にも近い。

健太の祖父母は凜香を孫娘以上に大事にしてくれる。

尚更驚いたのは、部屋を数日間の間に改造して若い娘が喜ぶ内装にしてあったのだ。

数日経過して、凜香の入学式に出席の為に、泊刑事が香里を朝小菅の自宅迄送ってくれた。

「お母さん、御主人様優しいわね」冷やかすと「優しいわ、とっても」と惚気る。

入学式の帰りに久々に伸子に会ってお祝いのお礼を言った時「変なのよ、終わっちゃったかも知れない」とぼそぼそと言う香里。

「何が？」

「私、凄く正確で今まで一度も遅れた事無いのよ、凜香が生まれた時以外」

「何が？」と意味不明で再び尋ねる伸子に「生理よ、年取ると早く終わる人も居る様だから、折角再婚したのに、女が終わるなんて、ショックなのよ」

「環境が変わると、飛ぶらしいわよ」

「そうなの？　過去に無いから、もう四十五歳だからね」寂しそうに言う。

「新婚生活に、影響有るの？」

「そりゃあ、気持ちの問題よ、伸子さんはもう終わったでしょう？」

「随分前だわよ、変な事聞かないでよ、貴女子供でも産む予定だったの？」

「いいえ、いいえ」手を振って否定をする香里だ。

第二十五話　妊婦

二週間が経過して「お母さん、大変なのよ！」凜香が携帯に電話をしてきた。

「どうしたの？」

「まだ、誰も知らないのだけれど、妊娠しちゃった」

「えー、避妊してなかったの？」

「していたわよ」

「じゃあ、何故？」

「山中温泉の時は、初めてだったので、忘れていたから、その時だと思うのよ、どうしよう？」

「学校行き始めたのに、大変だわね、小菅君に相談しなさいよ、お母さんでは決断は無理よ」

「判った、聞いてみる」トーンが大きく下がる凜香だが、夜に成ると「お母さん、あのね！　小菅さんの家の人が全員ね、大喜びで、産んで欲しいと言うのよ」嬉しそうに話す。

「学校は？」

「途中から休学する事に成ったわ」今度は声が弾んで嬉しそうに成った凜香。

（そうよ、殺されたら蘇れないだろう？　若いお母さん！）

美千代はお腹の中で安心の笑いに成っている。

（安心したら、喉が渇いたよ、レモンスカッシュ、頂戴）と叫ぶと、既に冷蔵庫から缶を取り出して飲み始める凜香だった。

　夜に成って泊刑事の自宅で「貴方驚かないでね」

「何を？　まさか子供が出来たと言うのでは？」

「何故知っているの？」

「そうか、俺も親父に成るのか？」と急に嬉しそうに言う泊に「えー、何か勘違いしていない？」

香里が尋ねる。

「えー、勘違い？」

「そうよ、子供が出来たのは娘の凜香よ」

「えー、凜香ちゃんに！　大学どうするの？　小菅の家は困るだろう？」

「それがね、小菅さんの家では大喜びだって、お父さんが早く亡くなった事もあって、曾孫の誕生を喜んでいるそうよ」

「それなら、問題はないな、良かったね」半分笑顔に成ったが、自分の子供では無かったので、少し残念そうな泊だ。

「じゃあ、お爺さんとお婆さんに成るのか？」

「嫌だわ、困ったわ」

香里は生理が終わってお婆さんに成るショックの方が大きく、気持ちを暗くさせていた。

そんな、香里を泊が気を使って「お婆さんではないよ、こんなに綺麗なのに」キスをしてくる。

直ぐに気分が変わってしまって、キスを始める香里、最近は忙しく早く帰ったのは久々だった泊は、そのままベッドに倒れ込んでいった。

（おい、俺が居るのに、頑張るなよ、これ苦しいのだよ）

ようやく香里のお腹に居る事が最近判った勝弘。

しばらくして（助けて、苦しい動きすぎだよ、傾くよ！　助けてー）と叫んで気絶してしまった。

反対に凜香の方は至れり尽くせり状態で「お腹が目立つ前に、式を挙げましょう」恭子が話して結婚式の準備に入る。

息子が早く亡くなって、哀しかったが曾孫の誕生に、元気が出る祖父母達、隣の敷地に三人の新居を建てて住むと、いつでも曾孫の顔が見られると、早速建築会社に見積もりを取る庄一だ。


翌朝も（何だ？　またか？　好きだな、助けてくれよ、俺押しつぶされるよ、四十女は好き者に成るって本当だな、この刑事も犯罪を取り締まるのをこれ位熱心にすれば良いのに？　おい、朝からまた、ジェットコースターに成るのか？　止めてー〜〜）で気絶する勝弘だ。

毎朝、豆腐、納豆、レモンを食べる凛香が「食べ物の好みはこの子だったのね」と朝食のテーブルを挟んでお腹を触って、健太に教える。

「そうなの？」

「だって、私の母も言っていたけれど、豆腐もレモンも嫌いだったのよ、それが大好きに成っちゃったでしょう？」

「お母さんも嫌いな物食べてなかった？」と健太が言うと凛香が考えて「そうね、お母さんも塩辛、キムチ、明太子とか辛いのは苦手の筈よ、変ね」

「じゃあ、お母さんも妊娠？」と健太が笑うと「お母さん、もう終わったと嘆いていたのよ、無理よ」

「そうなの？　早くない？」

「でもないわよ、もう四十五歳に成るから」

「そうか、女終わって好みが変わったか？　新しい旦那さんが出来て好みが変わったのだね」

「そうよ、結構激しいらしいわよ」笑いながら話す凛香、そこに恭子が入って来て「何が激しいの？」と微笑みながら聞いた。

「あ、あの、その……」と口ごもる凛香に健太が「お母さんもそうだった？」

「何が？」

「凛香がね、子供が出来て好みの変化が激しいと言うので」

「そうなの？　私も変わったわ、健太が妊娠の時、じゃあ男の子よ、そうよ！　きっと」上機嫌でホームセンターに向かう恭子。


凛香が「助かったわ、聞かれたから、何を言うか困ったわ」

「上手だろう？」

「うん、流石健太さんだわ」

「僕らは、子供の為に自粛だね、子供が宿っている時にSEXすると、子供が馬鹿に成るらしいよ」

「それ、ほんとなの？」

「上月先輩は教えてくれたよ」

「嘘っぽいな、からかわれている？　そうじゃないの？」と笑う凛香に軽くキスをして出掛ける準備を始める健太だった。

（そうよ、激しいのは駄目なのよ、身体が変に成るからね、馬鹿に成っちゃうかもね、釜江さんも何処かの誰かのお腹に入って蘇ったのかな？　話も出来ないし、何処の誰かも判らないのか？　寂しい気分だわ、確か神様はお腹の中から外が見えると話して居たけれど、明かり以外は何も見えない、話し声、匂いは判るけれど、それ以外は何も判らないわ、嘘を教えたのかな？）

朝の食事で目覚めた美千代が色々と考えるが、直ぐに眠く成ってしまって、再び眠った。

「洋さん、遅刻するわよ、朝からするから、また朝食抜きで行くのね」キスをする泊と香里。

「僕が行ったら、ゆっくり食事をすれば良いよ」

「当然よ、もうお腹が空いて大変なのよ、キムチでかき込むわ」笑う香里だが、幸せそのものの顔をしていた。

でも、最近回数多くない？　まあ良いか、長い間男の人無かったからね、でも相性良いわね、断れないから私も好き者なのかも？　と思いながら早速キムチを冷蔵庫から取り出して、温かいご飯に乗せて食べ始める香里は至福の時だった。

（おお、キムチの匂いだ、朝から運動してお腹が空いた？　俺の事まだ知らないのか？　よく食べるな、もう二杯目だよ、また眠く成って来た、あーあー）

「何だかお腹が大きく成ると眠いわ、テレビ見るのは昼にするかな」と独り言を言うと片付けもしないで、親子で居眠り状態に成っていた。

香里が目覚めたのは凛香の電話だった。

「お母さん、お爺ちゃんがね、新居建ててくれるのよ」

「えー、お金持ちは良いわね」

「お願いはね、病院に一緒に行って欲しいの」

「いつ？」

「明日よ」

「判った、空けておくわ」

その話が終わると既にお昼前に成って「えー、また食事の時間だわ」片付けも適当に、準備を始める香里は、よく眠る様に成っていた。

第二十六話　妊娠に気づく

翌日凛香は近くの産婦人科に行く事に成って、香里が付き添いで一緒に行くのだ。

妊娠検査薬では確実に妊娠が確定していたが、今後の心配も有ったから、今日行く事を数日前に決めたのだ。

小倉産婦人科は六十過ぎの女医さんで「最近の検査薬は正確ですからね」笑いながら診察をしてから「若いから、元気な子供が生まれますよ」と凛香を喜ばせた。

香里が「私、実はまだ四十四歳なのですが、生理が無くなりまして、再婚が原因でしょうか?」

「四十四歳は少し早いですね、再婚されるとホルモンの分泌が良く成って、生理も順調に成ると思いますが、最近ですか?」

「はい、再婚して直ぐです」

「それは変ですね、それまでは規則正しい方ですか?」

「はい、それだけは自信が有ります」

「体調に変化は?」

「好みが変わりました、今まで嫌いな物が好きに成ったりしています。娘も同じで嫌いな物を食べる様に成りました」

「避妊されていますか?」

「いいえ、この年齢ですからしていません」

「お母さんも尿の検査をされた方が宜しいかも?」

「どう言う意味でしょう?」

「避妊されていないなら、妊娠の可能性が有りますからね」

「先生、冗談が……」とは言ったが顔色が変わっていた香里だ。

凛香には何も話さずに、病院を出る二人。

「安心だわ、元気な子供が出来るのね」

「あ、ああーそうかも」もう上の空の香里だ。

凛香と別れると早速薬局に飛び込む香里。

「娘が、彼氏と付き合って居るので気に成って」気恥ずかしさも有って自分のだと言い難い香里。

この歳に成って、こんな物買うとは思わなかったわ、でもこれどの様に使うのかな？　閉じたまま帰って説明書を読む香里。

自分が凛香を産んだ時にはこの様な便利な物は無かったから、初めての経験だ。

トイレに駆け込む香里、何度も何度も説明書を読み返して、間違いが無いのか確かめる。

最近では生理前にも反応が出る検査薬も有ると言われたが、流石に生理の時期は大きく過ぎていたので、関係が無かった。

しばらくして「う、うそー、うそよね」と顔色が変わる香里。

「えー、どうしよう、困ったわ」独り言を言いながら、再び異なる薬局に飛び込む香里。

一番正確だと薬剤師が言う物を買ってきて、再びトイレに駆け込むが出ない。

緊張して、今度は飲み物を次々飲む香里で、気分は焦って自分がこの歳で娘と同じ時期にお腹が大きく成る？　と考えただけでも恥ずかしいと思っていた。

しばらくして、ようやくトイレで二度目の検査を調べる香里、両手を合わせて「妊娠していません様に」目を閉じて祈って、ゆっくりと目を開くと「ああー、本当だったわ、大変だわ！」と何も手に付かない状況に成った。

いつの間にか夜に成っていたが、食事も何も作ってない状態、どうしようと考えるだけで時間が過ぎていた。

（おーい、お腹が空いたよ、何か食べよ〜、辛子明太子で良いよ）お腹の中で騒ぐ勝弘。

その要求に思い出した様に「あっ、食事だ！」と口走る香里。

「只今〜〜香里、帰ったよ」の泊の声、急に安心したのか「貴方――洋さんーー」と半分泣いて抱き着く香里。

「どうしたの？　お腹が空いたよ、今夜は何かな？」と微笑む洋に「何も作ってないのよ」

「どうして？　凜香ちゃんの病院に付き添いに行って何か有ったのか？」と驚き顔に成る洋に

「大変な事が起こったのよ」真剣な香里の顔。

「えー、流産か？」と声が大きく成る洋だ。

「小菅が嘆くよ、今日も朝から子供の名前を考えるのだと五月蠅い位だったのに、流産は立ち直れないぞ」

「違うのよ、子供が出来たのよ」

「それは知っているよ」と言うと、香里が指を二本立てる。

「えーーー、おいおい、双子か？　まだ二十歳にも成ってないのに、いきなり双子なのか？」と驚きの声が大きく成る洋。

「違うのよ、双子じゃないわよ」そう言って自分の顔を指さす香里だ。

「何だ、娘に出来たから、香里も欲しいと言うのか？　それは私も欲しいよ、歳はいってはいるが、自分の子供は欲しいよ、頑張ろう」と嬉しそうに言うと、いきなり笑顔に成って抱き着いてくる香里。

「本当に子供欲しいの？」と耳元で囁く。

「そりゃあ、香里と僕の子供は欲しいよ」

「ほんと、ほんとに欲しいの？　恥ずかしく無いの？　子供と孫が同時に出来ても恥ずかしく無いの？」確かめる香里。

「勿論だよ、孫より子供が遅く生まれるのが昔は沢山有ったのだよ」

「それほんとなの？　じゃあ産んでも良いのね、そうなのね、取り消しは駄目よ」

「勿論だよ、産めるなら産んで欲しいな」

「そう、安心したわ」嬉しそうに満面の笑みに変わって「驚かないでよ」

「双子でも驚かないよ」

「違うのよ、凛香では無くて、私が妊娠したの」と嬉しそうに話すと「……」泊は何も言わずに呆然としてしまった。

「ほら、これ見て」と検査の容器を見せる香里に、ようやく「ほんとうなの？」

「本当よ」

「わーい、万歳、万歳」両手をあげる泊、その瞳はうれし涙で滲んでいる。

（どうしたのだよ、今頃俺が居るのが判ったのか？　兎に角お腹が減ったよーーー）

「それで、食事も作らないで悩んでいたのか？」

「娘と並んで出産なんて、恥ずかしいから」

「大丈夫だよ、心配しなくても良いよ、今夜はお寿司でも出前を頼もう」嬉しい洋だった。


翌日警察署では小菅が「子供の名前って考えるのは楽しいですね」

「そうだな、俺も真剣に考えるよ」

「お父さんが？　考えてくださるのですか？　そうだ男と女を考えないとまだ性別が判らないからな」

「はい、それが困ります」

「両方考えよう」

「昨日までまだ早いとおっしゃいませんでしたか？」

「うーん、そんな事言ったか？」

「はい、性別が判ってからでもゆっくり間に合うと言われましたよ」

「いやーそれは事情が違うからな」

「はあ？　何が違うのですか？」

「そ、そのうちに……」と言葉を濁すが顔はにやけて、でれでれ状態の泊なのだ。


（ようやく、俺がお腹に居るのが判った様だな、これからは自粛してよね、目が廻るからな）

香里はテレビを見ながら、安心したのかお腹が空くのか、お菓子を食べ始める。

すると凛香が電話で「学校いつまで行こうかな？　お腹が目立つ迄行くの？」と電話をかけてきて「ボリボリ」と音がするので「朝から何を食べているの？」驚いて尋ねる。

「だって、お腹が空くのよ、辛い物も良いけれど最近はお菓子が食べたく成るのよね」

「お母さん、おやつ食べるのが少なかったのにどうしたの？」

「お腹に子供が宿ると、好み変わるらしいわね、豆腐とかレモン嫌いだったのに？」

「私の場合は、子供が出来たからよ、仕方が無いわ」

「そうね、それじゃあ、私も同じかな？」

「えーーー」と驚きの声をあげる凛香だ。

第二十七話　お喋りな刑事

泊は嬉しくて、嬉しくて我慢が出来ない、誰かに話したいから、ムズムズしていた。

一緒に聞き込みに出掛けた上月にも「新婚は最高だ、これで子供が出来たら、俺は変に成ってしまう」それらしき事を喋る。

「先輩、今度の事件は子供の非行で、両親からの訴えで……」

「そんな子供には絶対に成らないよな」

「泊さん！　何を言っているのですか？　両親が甘やかしたと嘆いているでしょう？　非行に走って薬に手を出していると訴えが有ったでしょう？」

「何歳だった？」

「二十歳ですよ、何を聞いていたのですか？　変ですよ！　泊さん」

「捜査会議の時、ぼんやりしていたな」

「奥さん貰って呆けましたか？」

「呆けもするよ、この歳でおやじ……」とぼそっと言う泊。

「親父さんは亡くなったでしょう？」

「そ、そう」全く話が噛み合っていない。

非行に走った子供の両親に会っても、子供は可愛いからとか説得する話を始める泊刑事に驚く上月。

夕方に成って「実は、俺子供が出来たのだよ」我慢が出来なく成って話してしまう泊だった。


夜に成って小菅が「凛香！　知っているか？」と凄い勢いで話す。

「何を？」

「お母さんに子供が出来た事」

「えーーーー」

今度は凛香が大きく驚くとお腹の美千代が飛び起きて（何？　子供？　お母さんに？　もしかして？　釜江さん？　わー！　親子で？　神様が近い場所とか話して居たかも？）と考えていると「お母さんも食べ物の好みが大きく変わっていたから、同じ時に妊娠したの？」

「山中温泉？」

「そうよ、間違い無いわ、今朝も変な事話していたわ、聞いてみる」

（間違い無いわ、半日違いでこの世に戻ったのよ、でもいつに成ったら外が見えるのだろう？

釜江さんと話がしたいわね）美千代は急に楽しくなってきた。

急いで電話をする凜香「お母さん、妊娠したのでしょう？」と尋ねる。

「えー、凜香何故？」

「馬鹿ね、旦那さんが警察で喋ったらしいわよ」

「ほんとなの？　恥ずかしいわ」そう言うと話しも途中で電話を切る香里。


「貴方、警察で喋ったの？」

「何を？」

「子供が出来た事」

「上月に少し」

「もう知らない人は居ないわ」

「あの男は口が軽いな、刑事とは思えんな」

「貴方も一日で話してしまったじゃないの？」

「でも、嬉しくて我慢出来なかったよ、お腹大丈夫だったか？」と香里のお腹を優しく撫でる
と「貴方、そんなに嬉しいの？」香里が尋ねる。

「人生で最高だよ、香里との間に出来た子供だからね」抱き寄せるとキスをする泊。

「う、そんな……」と言いながら唇が、舌が絡み合う二人。

「愛しているよ」

「私もよ……」

（おいおい、妊娠して俺が居るのを知っているのに？　またか？　この二人好きだね）呆れる勝弘。

しばらくして（やめろ、俺の身体が持たないよ、目が廻るーーー）と気絶した勝弘だった。

「おかしいわね？　電話に出ないわ」凛香が電話に出ない香里を心配する。

「変な事聞いたから、喧嘩しているのだよ」

「そうよね、御主人が喋ったと言って、言い争っているのね」

「そうだよ、我々が夫婦げんかを作ったのだよ、しばらくしてから謝っておいた方が良いよ」

「判ったわ」二人は全く異なる心配をしていた。

「貴方、子供がお腹に宿っている時にＳＥＸすると、子供が馬鹿に成るとか、流産するって聞かなかった？」

「そうなの？　でも我慢が出来なく成って、つい！」

「同じよ、私も再婚して目覚めてしまったみたいよ、それに貴方とは相性が良いみたいなのよ」

「それで、この歳で子供が出来たのか？」

「そうかも知れないわ」再びキスをする二人だった。

ようやく電話の着信に気が付いて「あれ？　凛香だわ」栗色の乱れた髪を直しながら「どうしたの？」

「お母さん、ごめんね！　変な事言ったから旦那さんと喧嘩に成ったのでしょう？」

「喧嘩？」

「だって何度も電話したのに、出なかったから」

「あ、そうなの、何度も？　場所が……」と言う香里を風呂に誘う泊。

「喧嘩するわけ無いわよ、じゃあ」電話を早々に切ると、二人は嬉しそうに風呂場に向かう。

「僕が洗ってあげるよ」

「えー、優しいわね」

「子供がお腹に居たら、身体を動かすのが大変だからね」

「今、もっと動かしたわよ」

「あっ、そうだったか、夢中で忘れていた」仲が良い二人だった。

翌週香里が一人で病院を訪れて、医師からおめでとう、高齢出産だから気を付けて下さいと言われて上機嫌で帰って行った。

予定日が凜香と一日違いに成っていたのには、流石の香里も顔を赤くして、同じ時に宿ったと確認をしたのだった。


六月に成って（良く聞こえるわね、凜香が母親で小菅健太が父親なのね、外の感じも判るわ、ぼんやり見える様な気がするわ）美千代は声の区別が出来る様に成っていた。

香里は反対に悪阻に苦しめられて困っていた。

「凜香の時は何も無かったのに、今度は悪阻が凄いのよ、食べ物受け付けないわ」

「私は全然平気よ、凄く太ってきたわ、私は女の子でお母さんは男の子だわ、間違い無いと小菅の母が言っていたわ」

「それより、家の工事始まったの？」

「来月から工事が始まるのよ、大きな家よ、五人は子供産めるわよ」

「えー、何故？」

「私が若いから、沢山産むだろうだって、顔が赤く成ったわ、妊娠が判ってから自粛しているのにね、お母さんもそうでしょう？」

「う、うん、まあ。」と曖昧な返事の香里。

まさか回数が増えているとは言えないのだった。

(でも娘のお腹の子供って叔母さんかな？　神様はお腹の中から外が見えると言ったけれど、明かり以外は見えないよ、音は良く聞こえるよ、激しい声を聞かされて失神しているからな)

香里のお腹で考え込む勝弘。

(今、電話しているのは母親の香里だわね、香里のお腹に釜江さん居たら、どの様に話すのだろう？　見えるのかな？　お腹の中が見えるの？　凄くない？)と美千代も考えている。

最近は以前に比べて眠る回数は減ったが、反対にお腹が直ぐに空く美千代は(豆腐を直ぐに食べたい)と要求する。

「大丈夫よ、冷や奴は予備があるからね」お腹に向かって言う凛香は、豆腐を求めているのは子供だと決め付けていた。

何とか九月迄学校に行って、後期を休学してその後は子供を二人で、交代で面倒を見るから、卒業まで頑張って学校に行きなさいと言われている凛香だ。

第二十八話　お腹の中は天国

ようやく悪阻も治まった香里は普通に戻って、食欲も旺盛に成って元気が戻っていた。

そうなるとこの夫婦、また仲良く楽しむ、お風呂に一緒に入ると必ず泊が香里の身体を洗って、その先はラブラブ状態に成って、勝弘が仰天して目を廻す事が多く成る。

夏に成って暑いのに、仲が良いのも考えものだと呆れる勝弘が、ある朝目覚めると（あっ、見える）と口走って、うっすらとお腹の外が衣服を通して見えたのだ。

これは勝弘にとって楽しみが出来て、香里が外に行く様に（出よう、空気が吸いたい、綺麗な空気）と訴えると「避暑地に行きたいわ、高原の綺麗な空気が吸いたい」と泊に話す。

「夏の休暇に、ドライブで行くか？　何処が良い？」と早速探してくる泊。

「小菅と一緒に行くか？」

「お腹の大きな妊婦が二人は変じゃない？」

（行きたい、行きたい、叔母さんが必ず凛香さんのお腹に居る）と訴えると「そうね、一緒に行きましょう」と変わってしまうのだ。

小菅に早速連絡する泊、小菅は大山に行きましょうと即決してしまう。

この頃美千代も同じく外の景色が少し見える様に成っていたから、何処かに行きたい気持ちが大きく成って、香里のお腹に釜江さんが居るのでは？　と考え始めていた。

外は見えるが、お腹の中は見えないだろう？　何故？　衣服を通して見えるのかも不思議だったのに、まさかお腹の中の釜江が見える事は考えられなかった。

二人の神様が（この二人は外が見える時期だよね）

（私の能力の見せ所ですね、他の赤ん坊は見えないが、この二人はお互いに話せるし、見えるのですよ）

（驚くだろうな！）

（まだ、ようやく見え始めた時期だから、日に日にはっきりと見えて、会いたがるよな）

（対決まではお互い色々話をさせる方が面白いでしょう）

（楽しみだね）

画老童子と安芸津童子は予備知識をどれ程二人が蓄えて、産まれるか？　それを忘れるまでにどの様な行動をするのかが興味が有るのだ。

この悪戯を天使様が見ている事も知らずに、人間を弄ぶ二人の神様なのだ。

七月の下旬に四人で大山にドライブが決まって、久しぶりに会った香里と凜香。

だが二人のお腹の子供は眠っていて、特に勝弘は朝から二人が愛し合ったので、お疲れモード。

（本当に好きだな、この二人、おいおい今朝は宙返りか？　駄目だ、目が廻る）

「お腹が大きく成ったから、これが楽でしょう？」

「そうね、これなら良いわね」洋と香里は早朝から楽しんだ。

その影響で熟睡状態、目の前に凜香が来て美千代が見えて話が出来るのに、お互いが気付かない。


凜香も午前中妊婦の体操から、プールでの安産に向けての運動のレッスンを受けて、久々の水泳気分を味わった美千代は、今熟睡時間に成っていた。

「お母さん、最近ね！　子供が動くのが判るのよ、それからもうひとつ女の子だったわ」

「そう、もう判ったの？　私はね主人がいっぱい名前考えているから、まだ調べない事にしているのよ、唯、悪阻が強かったから男の子だと思うけれどね」と微笑む香里。

「お母さん、若返った様だわね、幸せ？」「そうね、凜香のお父さんとは比べられない程相性が良いのよね、最高なのよ」と微笑む香里の顔を見て「何の相性？」

「へへへ、決まっているでしょう」と笑う香里に「気持ちの悪いお母さんだ」意味が理解出来た凜香が呆気にとられていた。

「来週の土曜日、朝八時に迎えに行くからね、準備して待って居てよ」

「はい、はい、大山楽しみにしているのよ、遅れませんよ」

凜香が今日会ったのは、子供の性別を香里に教えるのが目的だった様だ。

昼ご飯を食べて、世間話で一時を過ごして、帰り際に美千代が目覚めて（よく寝たわ）と外を眺めると香里の後ろ姿（釜江さん！）と呼ぶ美千代。

（誰か呼んだか？）と目覚める勝弘が（叔母さんの声が聞こえた様な）と外を見るが既に凜香は離れて、勝弘の目には見えない美千代の姿だった。


土曜日二人の驚きの瞬間が訪れた。

ワンボックスの車に、凜香の予想通り遅れて乗り込んで来た二人。

「ごめんなさい、休みの日の朝は起きないのよ」今起きましたと云う様な髪で急いで乗り込んで来た香里。

休みの朝は必ず楽しんでからもう一眠りをするから、遅く成っていた。

香里のお腹を見て（見える！）と叫ぶ美千代、小さな胎児の姿を克明に見る事が出来たが、眠っているのか？　動かない。

美千代にはその胎児が勝弘だとの確認は出来ないが、今まで病院でお腹の大きい人は沢山見たが、お腹の中が見えたのは初めての出来事だから、間違い無いと確信していた。

座席が離れてしまって、もう見えない状態で車が発車した。

車に揺られると二人は気持ちが良くなって、直ぐに眠りに入ってしまう。

サービスエリアのトイレ休憩で、急に寒く成って目覚める勝弘と美千代。

（寒いわ、眠っていたのに）美千代が言うと同じく勝弘も飛び起きて（寒いよ、トイレ、トイレ）

そう言うと小便を流す、香里のお腹の中で全ての事が行われて、綺麗に成っていくから、便利そのものだ。

冷暖房完備の寝床が母親の胎内だと、二人共安住の気持ちの良さだった。

勝弘には時々起こるジェットコースターの時以外は、こんな良い場所は他に無いと思っていた。

過去自分が前の母親の胎内に居た時を思い出そうとするが、全く記憶には無かった。

今回は鮮明に覚えているから、美千代に会ったら話してみたいと考えている。

トイレから出て（あっ、見える）とお互いが叫んでいた。

（叔母さん！）（釜江さん）とお互いが同時に言うと、お互い言葉が聞こえるので（聞こえるよ）

（私も、良く聞こえるわ）

（叔母さん、若い娘のお腹に宿っていたのか？）

（近い場所だったわね、見えなくても話せるのかな？）

（判らないけれど、これは便利だな、誰も話し相手が居ないから、寝て、食べてで、暮らして居たよ）

（私も殆ど眠っていたわね）

（神様には？）

（生まれ変わってからは一度も会ってないわ）

（そうか？　俺も会ってないし、呼んでも現れないな）

（私達、親戚だわね、私のお母さんの弟に成るのだね）

（叔母さんは俺の姪っ子か？）

（でもこれからは、楽しそうだわね）

（新しい家を建てて貰っているらしいな？）

（お爺さんお金持ちだからね、今度は良い生活が出来そうだわ）

（俺は刑事の息子だな）久々に会った二人の楽しい会話が延々と続いていた。

第二十九話　蒜山高原

（疲れたな、少し眠ろう）と流石に二人は会話に疲れて眠りに就いた。

車は米子自動車道を大山に向かって、軽快に疾走していた。

いつの間にか、妊婦の二人もお腹の子供と同じく高鼾状態に成って「妊婦は疲れるのですね、二人共寝てしまいましたね」小菅が運転をしながら泊に話しかけたが、その泊も朝から頑張りすぎてお疲れで、眠っていたのだ。


大山（だいせん）は日本の鳥取県にある標高一七二九mの火山で、鳥取県および中国地方の最高峰である。角盤山（かくばんざん）とも呼ばれるほか、鳥取県西部の旧国名が伯耆国であったことから伯耆大山（ほうきだいせん）と呼ばれて、近くの山とは高さも形も変わっているので、直ぐに目につくのだ。

「おおー、凄い！」と叫んだ小菅の声に「何が？」と目を覚ます凛香が、目の前の大山の山を見て「ほんとね、他の山とは明らかに違うわね」そう言って携帯のカメラで撮影をしている。

後ろを振り返ると、二人が重なる様に眠っているのを見て「あの二人、似た者夫婦だわ」と微笑んだ。

「蒜山高原で、バーベキューを食べようか？」

「有名なの？」

「僕も初めてだから知らないけれど、案内には書いてあったよ」と小菅が言う。

今宵の宿は皆生温泉だから、この大山、蒜山で夕方まで遊んで、ゆっくりと間に合う日程にしている。

岡山県北部、標高五百mに広がる大草原こそ西日本屈指のリゾート地、国立公園「蒜山高原」。ジャージー牛の放牧地に隣接して、様々な娯楽施設が建ち並んで、子供連れの客が多い、観光バスも蒜山センターに横付けして、多くの団体客が入っていく。

「凄い人ね、酔いそうだわ」ようやく目覚めた香里が、お腹を抱えて車を降りて行く、その体を支える泊。

凛香は若いのか、さっさと降りて小菅の車の駐車を見守っている。

「お腹空いた、ジンギスカン食べようか？」

「ジンギスカンって何よ」香里が尋ねると「お母さん、あそこに放牧されている乳牛の肉よ」と凛香が言う。

「違いますよ、羊の肉ですよ」と小菅が車の周りを見てからやって来て言った。

「羊って毛布に成る？　何処にも放牧されていなかったわよ」と香里が言った。

その昔蒜山では、終戦直後の物資が不足したころに、家庭で綿羊を飼育することが、ブームになった時代があったそうです。

ただ戦後、ニュージーランドからジャージー牛がやって来たことにより、ジャージー牛の飼育が主となり、綿羊を飼育することもすっかりなくなってしまいましたが、綿羊ブームから根強く残ったのが、このジンギスカン料理です。

一般的にはジンギスカンに使うラム肉（羊肉）は、その匂いに独特の癖があり、好き嫌いが大きく分かれる肉ですが、なぜこれほどに蒜山に根付いたのか？　それは羊肉が持つある特性があったからです。

昭和30年代に蒜山観光協会が、大山隠岐国立公園に蒜山を編入させてほしいと、要望を行っていたところ、当時の三木行治・元岡山県知事が、広大な蒜山の自然を見て、「その牧歌的な雰囲気を味わえる観光地として…」と言う事で、ジンギスカン料理を家庭料理から、観光資源として広めようと考えられたと言うことです。

終戦直後に蒜山では、羊を飼育するブームがあり、家庭でも羊を飼い食用にもしていた事で、生活の中ですんなりジンギスカンが受け入れられていた事も、ジンギスカンを郷土料理として定着させる一因となったと考えます。

現在では、食肉を目的にした羊の飼育はない状態ですが、「折角蒜山に来たのだから、食事はジンギスカンでしょう！」と言うのは、牧歌的な風景を楽しみながら、ジンギスカンを楽しむと言う事が、すでに蒜山のイメージとして定着している。


四人は早速ジンギスカン料理のテーブルに座る。

その時美千代が匂いに目覚めて（よく寝たわ、釜江さん！）と呼びかける。

目の前に釜江が丸くなって眠って居る様子が見えている。

（あーあー、誰だ！　寝ているのに起こすなよ、あっ、叔母さん、小さいね）

（貴方も小さいわよ、自分は見えないけれど貴方を見ていたら、自分の姿が判るわ）

（チョット待って、向きを変えるよ）

「あっ、動いたわ」と香里が叫ぶと泊が「えっ、動いたのか？」と香里のお腹を触った。

「時々、動くのが判るのよ」と凜香も言う。

（少し向きを変えると、この騒ぎだよ、これで叔母さんの姿が良く見えるわ）

（ここは、蒜山って話していたわね、大昔に来たけれどね）

（昭和の始めか？）

（馬鹿じゃないの？　私六十六歳よ、ここで馬に乗ったわ）

（馬？　乗馬か？）

（そうよ、お父さんとお母さん、兄と来たわ、死んでも誰とも会えないわね）と少し昔を思い出してしんみりとする美千代。

（焼き肉が入って来たぞ、酒が欲しいな？）と言い出す勝弘。

すると香里が「チョット」と言って泊のビールのジョッキを横から飲む。

「おい、おい、大丈夫か？」

「美味しいわ、急に飲みたく成ったのよ、少しだから大丈夫よ」

（おおー、ビールだ、久々だな）

（釜江さん、酒飲んで大丈夫なの？）

（大丈夫だよ！　平気、へ……い……）

（どうしたの？）

（目が廻る、日に何回目が廻るの……）

（釜江さん！、大丈夫？）

（……）

（返事が無くなったわ、酔っ払ったのね、馬鹿だわね、子供の飲酒は駄目でしょう、知らないの？　私は冷たいレモンスカッシュ）と叫ぶ美千代。

「レモンスカッシュ飲みたいわ」凜香が言うと店員に尋ねる小菅、外の自販機に有ると言われて、買いに走る小菅。

「優しいわね」

「今だけかも？」

「貴方も今だけ？　優しいのは？」と尋ねる香里に「大丈夫だよ、俺は香里に惚れているから、いつも優しい」と言い出す泊に「ご馳走さまです」と笑う凜香。

（あの刑事、動きが良いわね、産まれたら一緒にスポーツジムに行けるわね）将来を夢見る美千代は、満腹に成っていた。

第三十話　記憶の残し方

（馬鹿ね、お酒を飲むと酔うに決まっているわよ）

（好きな物は死んでも同じなのよ）

（あの刑事二人共上手に馬に乗っているわね）

（お父さんは、乗るのは上手らしい、喜んでいるからな）

（何の話しをしているの？）

（俺がお腹に居ても、関係無いのだよね、好き者だね）

（二人共よね）

（そうそう、一人では楽しめないから）お腹の中の二人の会話と同じく、乗馬を楽しむ小菅と泊を、二人の妻は目を細めて見ている。

「不思議ね、親子で妊娠して、同じ時期に出産だなんて」

「ほんとうよ、こんなに早く母親に成るとは考えもしなかったわ」

「それを言うなら、この歳で子供を産む私はどうなるのよ？」

「でもラブラブで私でも妬ける程よ」

「そう？　そうかな？」と今朝の事を思い出す香里だ。

夕方近くまで遊んで、皆生温泉に向かう四人。勿論部屋は別々で楽しむ。

翌日はゆっくり正午に旅館を出て、自宅に帰るのみだから、夜は二人の男性はお酒を飲み始める。

（美味しそうだな）

（駄目よ、また目を廻すから、絶対に飲んだら駄目よ、それでなくても頭悪いのに）

（悪くは無いよ、進学校に行ったから、学生の時は賢い子供だった）

（何処で？　酒飲みに変身したのよ？）

（結婚してからかな？　テニスしていたから、終わるとよく飲んだからね、女の子も沢山付き合いが有ったから、困らなかったな）

（奥さんとは恋愛？）

（成り行きだな、子供が出来てしまったから、あれが痛恨の極みだよ、今度は酔っ払ってSEXは絶対にしないが、鉄則だな）

（それじゃあ、酔って出来ちゃったのね）

（その通り、でも安芸津童子も、言葉を覚えると過去の記憶が無くなると、教えてくれたよね）

（その様な事を聞いたわね）

（文字は書けない、パソコンも使えないから、記憶を残すのが大変だな）

食事の間中、隣で殆ど話をしている二人。

凛香も香里も二人分食べるから、出された料理を全て食べてしまって「少し足りないわ」

「美味しいから、進むわ」お互いが言って、追加を注文している。

懐石料理の追加って、殆ど無いと仲居が笑ったが、二人のお腹を見て「子供さんの分が足りなかったのね」笑いながら注文を聞いて出て行った。

画老童子と安芸津童子が、この部屋に来ているのだがお腹の二人にも全く見る事が出来ない。

幽霊の時は直ぐに見る事が出来て、二人は話しかけただろうが、今は人間に戻っているので判らないのだった。

（この二人、記憶をどの様に残すか考え始めた様だね）

（方法を見つけるのは困難だよ）

（生まれた時は百％で、毎日少しずつ消えていくから）

（パパ、ママで九十％は消えているよね）

（多分、消えるね）

（異なる生き方は中々出来ないよ）

（過去に何人居た？）

（日本では五人程度が異なる生き方をしたね）

（五百人は蘇って居るよね）

（時代が変わっているのに、同じ生き方をしても駄目な時も有るから、判らないけどね）

（間違いで死んだ人が五百人も居たのよね）

（新米の神様の失敗よ）

（私達は故意に殺したけれどね）

（人口の少ない国に配置換えされたら楽でしょう？）

（失敗の神様はそうよね、田舎の担当よ）

（僕はそれの方が良いけれどな）

（でも左遷だよ）

（天使に昇格出来ない）

（もう少しで戦いが始まるね、楽しみだ）

（釜江って勉強は出来たのね）

（酒に飲まれたのよ、人生までもね）

二人の神は、後数ヶ月でどの様に成るのか楽しみに見守っている。


翌月に成って「お母さん予想していた通り女の子よ、お母さんは男の子でしょう？」凜香が香里に電話で話した。

「知らないわ、楽しみに沢山名前考えているから、可哀想だから聞かないのよ」

「お母さんの予定日十二月十一日でしょう？　私が十日で殆ど同じね、付き添いは出来ないから小菅のお母さんに頼もうかな？」

「女の子の名前ね、多恵に決めたのよ」

「古い名前ね、今時の名前にすれば良いのに」

「閃いたのは美千代なのだけれど、亡くなったスナックのママの名前だから変更にしたのよ」

「何故？　美千代って？」

「判らないわ、二人の頭に浮かんだのよ」

「二人って？」

「彼も同じだったのよ」

「変なの」と不思議そうな顔に成る。

「お母さんの考えている名前は？」

「聞いて無いわ」

「名前は御主人にお任せなの？」

「産まれた時に教えてくれるのよ」嬉しそうな香里。

秋に成って、四人は毎日の様に大きく成るお腹を見て、産まれるのを待っている。

定期検診でも順調と言われて喜んでいたが、香里に医師は高齢だから帝王切開での出産を勧める。

初産では無いので大丈夫だとは思うが、長引くと母子共に危険だと言われて悩んでしまう。

ある日美千代と一緒に成った勝弘が（腹切るとか話していたが、大丈夫かな？）

（一緒に切られて、死んじゃうかも？）

（本当か？）

（だって、普通に産まれないから切るのだよ）

（俺は産まれる前に死ぬのか？）

（その可能性は有るわ）と美千代に脅かされる勝弘、知識が無いのでその様に言われると本当に死ぬ気がしてくる勝弘。

（おい、医者の言う事を聞かないで、大丈夫だよ！　安産で飛び出すから、切るのは止めようよ）とお腹の中で訴える日々に変わる勝弘。


すると香里も「貴方、私切るのは止めるわ、お腹傷に成るし、恐いから」先日までの納得した様子から一変してしまう。

「高齢出産で、危険度合いが高いと言われただろう？」

「大丈夫よ、いつも鍛えているから、簡単に産まれるわよ」

「まあ、それはそうだが、あれとこれとは違うのでは？」

「同じよ、全ての道はローマに通じるのよ」

「それ意味違うと思うけれど」

「とにかく手術はしないの、だから今夜も鍛えましょう」

「えー」と驚く泊だが、直ぐにその気に成って楽しむ二人。

しばらくして「ね、大丈夫だと思うでしょう?」

「うん、まあ」と言いながら眠る二人。

(好きだな、この二人子供の目の前でするなよな、目は廻らないけれど狭いよ)と言いながら眠る勝弘。

自分の望みが叶って安心顔に成っていた。


いよいよ十二月に成って、二人はいつでも産まれる準備に入る。

家も新築され、子供の出産準備の品物は全て揃って準備万端だ。

一人は初産、一人は高齢出産と、周りの人間は気が気でないが、神様の二人は(いよいよだな、楽しみ)

(環境は叔母さんの方が良いな)

(まあ、産まれてみないと判らないよ)と緊張の面持ちに成っている。

美千代と勝弘は生まれたら、どの様にして記憶を残して新しい人生を歩むか?　その方法を毎日の様に考えていた。

(これだけ、記憶を暗記しても消えるのかな?)と思う美千代。

(俺は元々頭が良いから、記憶力には自信が有る)と思う勝弘。

いよいよ、誕生の日は刻一刻と迫っていた。

第三十一話　出産

(もう、いつでも良いよ)十二月の六日に言う勝弘。

「貴方、何だか変よ、産まれるかも知れない」朝起きると同時に言い出す香里。

「本当か、病院に行こう」小菅の祖父に買って貰った車を玄関に持ってくる泊。

「歩けないわ」

「判った」と抱きあげるが「重い、腰が折れそう」そう言いながら、結局肩を支えて車に乗せて病院に向かう。

「小菅、今日は休みだ、頼む」と電話をすると「産まれるのですか?」

「そうだ、産気づいた」

「予定日より早いですね」

「署には連絡頼む」

「はい」慌てる泊の様子に微笑んで小菅が「お母さん、産まれるらしい」凛香に言うと「そうなの、私はまだよ！　お腹が空くから、もう一杯食べよう」と言いながら茶碗にご飯を入れている。

「弟か、妹が産まれるのに呑気だな」

「慌てても何も出来ないわ、このお腹なのよ」と大きなお腹を触る凛香。


香里は病院に到着して、安心したのか「あれ？　産まれない」と痛みが止まってしまう。

「貴方、仕事行けば？」

「いいよ、今頃から行けないよ、事件も今は無いから、もしも事件が発生したら、今でも呼び出しがかかるよ」二人が話していると小倉医師が「もう今日産まれますよ、本当に自然に出産されるのですね」と確認した。

「はい」と言う香里だが、泊は「もし、母子に危険が及ぶ様でしたら、その時は手術でお願いします」と言った。

（大丈夫だよ、切らなくても）お腹から言う勝弘の言葉に「大丈夫だ……あっ痛いわ」と言い出した香里。

看護師がやって来て香里を分娩台の部屋に連れて行く。

大丈夫かな？　手術の方が安産だと書いて有ったのに、大丈夫かな？　とそわそわ、ドキドキの泊は落ち着かない。

喉が渇いて、自動販売機を探すが、診察時間に成って患者が待合室に数人やって来て、自分は夫なのか？　祖父なのか？　変な気分で落ち着かない。

病院を抜け出して外のコンビニに走って行く泊、適当に飲み物を二つ買って帰る。

何故？　二本買ったのだ？　香里の分か？　と気が落ち着かなくて要らない物まで買っていた。

一本を飲み干して、ゆっくりと戻ると「泊さん、おめでとうございます」看護師が笑顔で話す。

「えー」と驚く泊に「元気な男の子ですよ」

「えー、もう産まれたのですか？」

「もの凄く早い安産でしたよ、もうすぐ子供さんに対面出来ますよ」

「そんなに安産だったのですか？」

「記録に残りそうな、早さですよ」

「は、ははは、ありがとうございます」と言った泊は力が抜けて、椅子に座ってしまった。

しばらくして、病室に行くと「貴方、男の子よ」笑顔で元気な香里に「安産過ぎたね」泊が微笑みながら言うと「日頃から鍛えていたからよ」笑顔の香里は泊が持っている缶ジュースを袋に見つけて「貴方気がきくわ」と手を差し伸べる。

袋から慌てて差し出すと、勢いよく飲み始めて「美味しいわ」と微笑む。

そこに看護師が「可愛いですよ」と抱き抱えて赤ん坊を連れて来た。

「勝弘！」と叫ぶ泊に「何よ、死んだ人の名前だわ、この子にその名前を付けるの？」と怒り出す香里に「私達を結んでくれた恩人だよ、彼が居なかったら私達は無かったのだよ」と真剣に言う泊に「そうか、あの釜江さんが亡くなって、私達が結ばれたのよね、そう考えると縁結びの神様ね」香里も昔を思い出している。

（そうだよ、俺がその張本人だよ）勝弘が言うと「貴方、笑ったわ、笑ったわよ」赤ん坊を見て言う香里。

「名前が気に入ったのかも知れないな」今度は泊が覗き込む。

（今度は刑事の息子の泊勝弘に成るのだな）と言う勝弘に（そうだ、今度はこの夫婦の子供として真面目に生きて欲しい、前世の行いを改めて、歳老いていく夫婦の力に成るのだ）と何処からともなく聞こえる。

（安芸津童子さん？）と尋ねる勝弘に（安芸津は人間に戻った者には、話が出来ない）

（言葉を覚えると前世の記憶が無くなると聞きました）

（お前には特別に、永久に前世の記憶を残そう）

（えー本当ですか？）

（但し、この事実を誰にも話してはいけない、勿論幽霊の友人美千代にもだぞ）

（話すとどうなるのですか？）

（その時点で全てを忘れる、この事を肝に銘じてこれからの人生を送る様に）

（貴方は何者ですか？）

（お前の人生を遊んだ償いだ、これからの人生は前世の教訓が有るから、素晴らしい人生に出来るだろう、頑張れ、お前を育ててくれる二人に感謝をして、長生きをして親孝行をしなさい）

（……）余りに突然の話しに呆気にとられる勝弘。

（今のは？　誰？　姿も何も良く見えなかったが、光っていたな、俺は前世の記憶を忘れないのだ、じゃあ天才か？）と考え始める勝弘。

「また、笑ったわ」

「そうだな、笑っている様に見えるな」と泊が言うと、看護師が母乳を飲ませてあげなさいと微笑んで言うと、部屋を出て行った。

（おお、おっぱいが吸えるのか？　そうか俺は赤ん坊だったな？　何か卑猥な事を考えている

な、恐い赤ちゃんだな）

勝弘は目の前に香里の乳房が有るのが、感覚で判る。

産まれるまでは目が見えていたのに、今は何も見えない事に、この時初めて気づくが、感覚では判るし話し声は聞こえる。

普通の赤ん坊に成っていると思う勝弘だが、母乳を飲むと眠ってしまうのだ。

大きなお腹を抱えて、凜香が病院にやって来て名札を見て「えっ、この子の名前勝弘ですか？」と驚きながら泊に尋ねる。

経緯の説明を聞いて凜香も納得して「お母さんが男の子を産んで、泊さんも跡継ぎが出来ましたね」と微笑む凜香。

（あれは、猿だね、おい釜江さん！　寝ているの？）

（……）

（あれ？　反応が無いな）

側で見ている画老童子と安芸津童子は（もう、場所が違うから、話は出来ないよね）

（産まれたら、また話が出来るよ）と対決の準備は整ったと思っていた。

天使様が勝弘に話をした様子は、この二人には見る事は出来ないので、全く知らない。

二人の悪戯の上をいくから、この二人には何が起こるのかは把握出来ない。

しばらくしてから、叱られる事も知らずに楽しみにしている画老童子と安芸津童子だった。

第三十二話　天才？

十二月の予定日を過ぎても産まれない凜香の子供、大きく成ってしまうから早く産まれる薬を使う小倉医師。

香里は子供を連れて退院、高齢出産で大変だろ？　の予測は全く外れて、母乳はよく飲む元気な子供と医師に言われた勝弘。

（母乳を楽しみにしているのだから、当然だよ）と卑猥な赤ん坊に成っていた。

「子供出て来ないのよ、困ったわ」凜香が香里に言うと「お腹切れば？」

「嫌よ、恐いし傷が残るわ」と怒る凜香。

「貴女、彼としてないでしょう？」

「何を？」

「あれよ」と耳元で囁く「えー、妊娠中にすると馬鹿に成ると聞いたわ、だからしてないわよ」

「だからよ、私達は沢山したから、高齢でも安産よ」と小声で言う香里。

「今日は無理よ、一緒に帰りましょう、今なら主人の車で帰れるから」と言うと泊が「車、玄関に止めたよ」と入って来た。

凜香も諦めて、一緒に車に乗り込んで「大きく成ったわね」と勝弘を見ている。

（よく寝るな、このおっさん）と美千代が見て言うが、反応は全く無く眠っている。


だがその日の夜、薬の効果で産気づく凜香、真夜中に女の子を出産して、香里に小菅健太が嬉しい声で連絡をしてきた。

翌日勝弘を連れてタクシーで病院に向かう香里。

（叔母さんも出て来た様だな、楽しみだ）と勝弘が喜ぶ。

（俺と同じ事あの叔母さんも神様に言われるのかな？　でも確かめると記憶が無くなるから聞けないな）と悩む勝弘。

全く同じ事を既に聞いている美千代、名前は多恵と付けられて病室で母乳の時間に香里と勝弘は病室に入った。

（叔母さん、ようやく出て来たか？）

（釜江さん、お久しぶり）と話すと同時に凜香が母乳を飲ませる為に乳房を出した。

（やっぱり、若い乳房が綺麗だな）

（出来たら、代わって欲しいよ、叔母さんはまだ上手に飲めないだろう？　俺は上手に成ったから、喜ばれるよ）

（いつまでも馬鹿ね）と飲みながら話す二人。

（私は美千代から多恵よ、よろしくね）

（俺はそのままだ）

（えー、そのままって勝弘なの？）

（その通りだ、賢く育つよ）

（また、酔っ払いの馬鹿に成るのか）

（今度は大丈夫だ、天才と呼ばれる）

（いつも、面白いわ）と二人の会話だ。

お互いが天使様の囁きを聞いているが、話しは出来ないから口には出さない。

美千代も同じ事を産まれて直ぐに告げられて、半信半疑だが確かめるには年月が必要で、勝弘に聞く事も出来ない。

数ヶ月後二人は最初聞いていた言葉を覚えると、徐々に昔の記憶が消える事が全く無い事に気づき始める。

「マンマ」「パパ」と言っても過去の記憶が鮮明に残っていたのだ。

肝心の言葉は普通の赤ちゃん言葉しか口から出てこない。

時々会う美千代と勝弘は、テレパシーの様な感じで話が普通に出来るが、言葉を覚えると同時に、この様に話す事が出来なく成ってきたのだ。

（叔母さん）と言っても反応が無くなるが、向こうの美千代の声はまだ聞こえる。

（釜江さん、もう忘れたの？）（……）遅く産まれた分美千代の方が遅れていたから、まだ話が送れるが、相手の反応が無いので諦めて喋るのを止めてしまう。

（私だけが、記憶が残るのだわ、もう釜江さんは普通の赤ん坊だわ）と思い始める美千代。

そうなると勝弘も（叔母さんはもう普通の赤ん坊に成ってしまったのだ、何も言わなく成った）と理解してしまった。

画老童子と安芸津童子は二人を見て（もう、過去を忘れてしまった様だね）
（本当だね、お互いが話さなく成ったね）
（それじゃあ、もう少し大きく成ってから、見に来よう）
（楽しみだね）と言うと天空に飛び去ってしまった。

彼等神様には一瞬の時間だが人間社会では、十年以上の歳月が流れて……決められた日時に戻る設定にして、それまでお互いこの二人を見られない事にしていた。

泊刑事は定年して、二次就職で警備会社に就職が決まった。小菅達に見送られて刑事を退職していた。

「退職金と年金では生活出来ませんか?」と須賀刑事達に言われて「いやー子供が良く出来るから、勉強にお金がかかるのだよ」

「まだ小学生でしょう?」

「親の私が言うのも変な話しだが、天才だと思う時が有るよ」

「娘さんの上の子供さんも、変わっているらしいですね」

「まだ小学生なのに、美術とスポーツに才能を発揮しているよ、下の男の子は普通だけど、お姉ちゃんは水泳で記録を出すからね、将来恐いよ」泊が自慢をして、警察を去って行った。

そんなある日画老童子と安芸津童子が(そろそろ、結果が出る頃だ)

(叔母さんから見に行こう)

(安芸津君、叔母さんは変わっているから驚くよ)

（まあ、それはないと思うよ）

プールに二人が現れて（水泳しているのだな？）

（前世でも水泳はしていたよな？）

（確か亡くなる数日前も泳いでいたから、前世と同じだな）と見守る二人。

「おおー凄いタイムが出るぞ」プールサイドでスイミングのコーチだろうか？　ストップウオッチを片手に叫んでいる。

「小学生の記録では、日本記録だぞ」泳ぎ終わった多恵に声をかけるコーチ。

（少し変じゃあないか？）

（小学生の日本記録って言ったよな）

（そう聞こえた）

（それって、前と違うのでは？）

（趣味の世界のスイミングではないよね）

（勝ったかも？）と叫ぶ画老童子。

（今まで一度も、その様な子供居なかったよな）

（確かに、これは将来水泳のオリンピック選手に成るのか？）

（酔っ払いも見に行こう）

（負けられないからな）と言うと二人は直ぐに移動すると（静かだな）

（塾か？）

（高校生の塾に何故？）

（見てみろよ、あそこに小さい子供が座って居るよ）

（えー、あれが酔っ払いか？）見つめる二人。

第三十三話　二度目の人生

塾の講師が「はい、この問題を泊君に解いて貰おう」小さい少年が立ち上がって、前に行くと大きな白板に数学の計算式を書いていくが、届かないので踏み台に上がっている。

（何だ？　これは？）と驚く画老童子だが、安芸津童子も（どうなっているのだ？　小学生が大学受験の高校生の問題を解いているのか？）と呆然と見ている。

やがて講師が「小学生の泊勝弘君に負けてどうするのだ」解答を見て絶賛している。

（この塾では有名らしいな？）

（天才に成っている？）

（二人共凄い事に成っているな）

（本当だ、二人共変だな）

（これは引き分けだな）

（何故？　この二人がこんな天才に成ったのだろう？）

（判らない、我々が見ていた限りでは記憶が無くなって、普通の赤ん坊に成っていたがな）

（うーん、判らない）と呻る二人に（馬鹿者！）と天使様の声が聞こえる。

（お前達は、まだ生きられる人間を使って遊びをしただろう？）

（……）天使様の声に驚く二人。

（この男も酔っ払っていただけなのに殺しただろう？　そして遊びの道具にしただろう？）（天使様！　ご存じだったのですか？）

（お前達の行いは全て見ている、あの叔母さんは九十歳以上生きられた、この酔っ払いも身体は丈夫だから八十歳以上生きられたのだ、お前達は勝手に命を奪った、その罪は重い）（はい、すみません）

（申し訳ありません）と二人が謝るが（罰として、二人には人の少ないアフリカの砂漠に送る、当分は帰れない、謹慎だ）

（はい、判りました）

（はい、判りました）と返事をすると天使様は消えてしまった。

（今、人が少ない場所だと言われたよな）

（確かにその様に聞こえた）

（楽出来るな）

（五日の休暇以上に楽だよ）と喜ぶ二人。

（でも、この二人何故？）

（天使様が能力を与えた？）

（いや、そんな力は無いと思う、それが出来るなら世の中天才でいっぱいに成る）

（じゃあ、何故？）

（判らないなあ）と考え込む二人の神様だ。


自宅に帰った多恵に、小菅の祖父母が「小学生の記録を塗り替えたらしいな」

「多恵がオリンピックでメダルを獲るまで、長生きをしないとね、お爺さん」

「本当だ、後何年生きればいいのだ？」

「五年かな？　六年だわ、長生きしてね」と微笑む多恵。

「でも弟は全くスポーツも出来ないね、半分分けてあげれば良いのにね」微笑む祖母。

もうすぐ九十歳に成る二人は目を細くして見守っている。

夜の食卓で小菅健太が凜香に「次の子供も多恵に似た女の子を頼むよ」と大きなお腹を見て言う。

「多恵は勉強もスポーツも出来るから、そんな子供は中々生まれないわよ」

「お母さんの子供は勉強が凄いな、高校の問題を楽々と解くらしい」

「あそこまで、賢いと恐いわね、多恵位で丁度良いわ」と言う凜香。

多恵もこの頃ようやく、勝弘は自分と全く同じで前世の記憶を持って居ると思っていた。

元々頭は良くて勉強は出来たと話していたから、その彼が本気で勉強するとこの様に成るのだと思っていた。

だが、それは口には出せない、話した時に全ての事を忘れると産まれた時に教えられた事を守っている多恵だった。


小菅恭子もホームセンターを退職して、子守の準備で三人目の誕生を待ちわびている。

長女の多恵が余りにも人並み外れた能力を持っていたので、三人目に大いに期待している。

三人目も女の子だと既に聞いているので、多恵の半分でも良いのでとの期待だ。

「多恵は私が面倒を見たからよ」と祖母の久が自慢すると、祖父も負けてはいない「水泳を勧めたのは私だよ、とにかくお金を使っても良いのでオリンピックに行かせる」資産家の小菅庄一は大いに張り切っている。

　小さな子供に約六十年の人生経験を持たせると、この様に成長して行くのか？　二人の神童は天使様の言葉を信じて、前世を反省して自分の好きな事、失敗を改めて成長していった。

弟の健次は「いつもお姉ちゃんと比べられて、僕は困る」と拗ねる。

凜香が「多恵姉ちゃんは特別な子供よ、健ちゃんとは違うのよ」と宥める。

凜香は生まれてからの事を考えて、先日香里と色々と話をしていた。

子供が宿った経緯、急に結婚に成った事、母の香里と同時に生まれた事実、生まれてから二人の子供の目を見張る成長。

香里も「勝弘ね、昔の歴史も、もの凄くよく知っているのよ、まるでその時代に生きていた様にね」

「多恵も同じよ、水泳も人並み外れた能力だけれど、それ以外の歴史も、もの凄く豊富に知っているのよ、特に昭和の四十年から五十年の話しなんて、その時代を生きた様に話すわよ」「勝弘はもう少し後の話は得意よ、何処で見てきたのか判らないけれど、記録映画とか資料であの様な話しは出来ないわ、私より少し年上の時代で、子供だったから記憶がはっきりしてないのよ」

「二人共変わっているのは確かよ」

「同い年だから、仲が良いのは判るけれど、二人が揃った時の昔の話って、側で聞いていたら鳥肌物よ」この二人の話しの通りにそのまま成長する。

数年後次々と記録を塗り替える多恵は、日本の水泳界のホープとして次期オリンピック候補に内定を受ける。

一方勝弘は天才の異名を貫い、いつもクラスではかけ離れたトップの成績、全国の有名校からの誘いを断り、地元の進学校に進む。

それは両親の事を考えていたのと、勝弘は近くに多恵がいる事が心の安心に繋がっていた。

それは多恵も同じで、地元を離れる事を極端に嫌うのだ。

遠征、旅行には二人共行くが、両親と蘇りの相棒勝弘の側を離れないのだった。

お互いは話をしないが、天使様との約束を守っている事が良く理解出来たから、もしもどちらかが、全てを忘れた時に助けようと考えていたのだ。

多恵はオリンピックの出場確定だったが、選考会の大会の時、急に体調を崩して急遽参加を見合わせる。

関係者も家族も落胆したが、選考会が終わると急に体調が戻って、何事も無かった様に成って安堵したのだ。

その後も、オリンピックに出場する事はなく、多恵は水泳の競技生活から引退、念願のデザイナーの仕事を始める。

祖父母は二度目のオリンピックの選考会レース直前に、相次いで他界した。

多恵が自分は過去から来た人間だから、神様がオリンピックに出場させないのだと、その時初めて悟った。

その後は生涯独身で、九十歳の長寿で亡くなるまで現役デザイナーとして活躍をした。

勝弘も東大でも何処の大学でも行けるのに、地元の国立大学の大学院まで行って、教授まで登り詰めて八十歳の生涯を閉じた。

二人は神様の悪戯で亡くなって、人生を二度生きた事に成った。

二度目は前世で出来なかった事を、思い切り生きた人生。

勝弘も生涯独身で、晩年は唯一の友人美千代と語らう日々が多かった。

天使様が、二人に残りの人生をやり直させたので、子孫を残す事も歴史に残る事も出来なかったのだ。

弄んだ二人の神は楽を出来ると思ったが全く仕事が無く、こんなに苦痛な場所はもう耐えられないと日々天使様に許しを願っていた。

完

2016．03．01

杉山　実（すぎやま みのる）

兵庫県在住。

著作：朝霧（ブックウェイ、2015年）
　　　縁結（ブックウェイ、2015年）
　　　今耳に風が囁く（ブックウェイ、2015年）
　　　瞬きの偶然（ブックウェイ、2016年）
　　　舞い降りた夢（ブックウェイ、2016年）
　　　幻栄（ブックウェイ、2016年）
　　　居酒屋の親父（ブックウェイ、2016年）

この物語はフィクションであり、実在の人物・団体とは一切関係ありません。

神々の悪戯

2016年11月７日発行

著　者　杉山　実
発行所　ブックウェイ
〒670-0933　姫路市平野町62
TEL.079（222）5372　FAX.079（223）3523
http://bookway.jp
印刷所　小野高速印刷株式会社

ISBN978-4-86584-194-7